KB119329

〈화산고래〉 제작일기

화산고래가 헤엄친다

그림으로 판타지 세상을 완성하는 법

씨네 21 북스

〈화산고래〉 제작일기

한국영화아카데미

—

장편 애니메이션
제작연구과정 6기

화산고래가 헤엄친다

그림으로 판타지 세상을 완성하는 법

씨네 21북스

Contents

들어가는 말

한 편의 상편 애니메이션이 만들어지기까지 과정을 지켜보면 '모든 일에는 끝이 있다'는 감회에 젖게 됩니다. 애니메이션 제작과정은 천천히 한 걸음씩 전진하는 것과 같아서 마치 먼 산 너머 끝이 보이지 않는 길을 걸어가는 느낌입니다. 그러다 보니 '이 일에 과연 끝이 있을까?' 라는 의구심이 드는 게 사실이지요. 그러나 개미들이 티끌을 모으고 맞추면서 집을 짓듯이 그렇게 한 걸음씩 걷다 보면 산도 넘고 골짜기도 건너서 드디어 마침표가 보이는 길에 들어서게 됩니다.

이번 한국영화아카데미 장편 애니메이션 제작연구과정 5기, 6기 작품인 허범욱 감독의 〈창백한 얼굴들〉과 박혜미 감독의 〈화산고래〉는 유난히 이런저런 역경을 많이 겪어서 더더욱 '저 길을 어떻게 걸어왔나?' 싶은 생각이 절로 듭니다. 두 작품은 한국영화아카데미 장편 애니메이션으로서는 처음으로 과감히 단독 연출을 시도했고, 그만큼 우려와 시련도 많았습니다. '과연 경험이 많지 않은 젊은 연출자가 이 거대한 작업을 무사히 완수할 수 있을까?'라는 화두가 늘 따라다녔습니다.

내용적으로 〈창백한 얼굴들〉과 〈화산고래〉는 새로운 시도를 하고 있습니다. 두 작품은 그동안 한국 장편 애니메이션이 감히 시도하지 않았던, 또는 70, 80년대 반공 판타지물에 묻혀 잊혔던 SF 하드보일드 판타지 세계를 펼쳐 보이고 있습니다. 각각의 장르는 더욱 특별합니다. 〈창백한 얼굴들〉은 누아르, 〈화산고래〉는 어드벤처 장르를 지향하고 있습니다. 결과적으로 두 연출자는 이런저런 우려와 시련을 말끔히 이겨냈습니다. 역경을 이겨낸 두 사람에게 축하의 박수를 보냅니다.

혹자는 두 감독이 이런 도전적인 작품을 만들 수 있었던 것이 한국영화아카데미의 뒷받침이 있었기 때문이라고 오해할지도 모릅니다. 하지만 여기에 있는 누구도 그런 말을 듣고 싶어하지 않습니다. 연출자들 역시 한국영화아카데미를 따뜻한 울타리라고 생각해서는 안됩니다. 한국영화아카데미가 바라는 것은 여러분의 발판이 되는 것입니다.

지금 두 연출자는 관객들과 만나는 지점에 와있습니다. 관객들이 두 연출자의 시련과 도전을 평가하고 이들의 다음 작품에 희망을 북돋아 주시기 바랍니다. 그래서 허범욱, 박혜미 두 감독이 이제 한국영화아카데미라는 발판을 딛고 당당히 더 넓은 무대에 올라서길 바랍니다.

이성강 한국영화아카데미 전임교수

스토리 라인

Synopsis

2070년 아시아 태평양(Asia Pacific) 조약 회원국인 대한민국, 대지진과 화산폭발로 유령도시가 되어 버린 부산은 돌고래와 대화가 가능한 특별한 능력을 지닌 하진이 현재 살고 있는 곳이다. 하진은 이곳에서 마약을 팔며 살아간다. 마약은 괴로운 과거의 악몽을 안고 있는 하진에게 유일한 탈출구다. 어느 날 하진에게 낯선 사람들이 찾아온다. 화산고래가 지키는 보물을 찾으러 가자고 제안하는 낯선 여자, 백상원. 하진은 돌고래에 얽힌 안 좋은 트라우마 때문에 그녀의 제안을 거절하지만 결국 함께 가게 된다.

　　사람에 대한 애정이 많지 않았던 하진은 팀원들과의 생활을 통해 조금씩 정을 쌓기 시작하고 알고 싶지 않았던 화산고래에 대해 궁금증을 가지게 된다. 척박한 모습의 화산섬. 하진은 화산고래가 있는 동굴을 지나가며 팀원들이 모두 화산고래에 대해 모종의 사연을 갖고 있음을 알게 된다. 팀원들을 통해 인간의 광기를 목격하는 하진. 화산고래의 울음소리와 팀원들의 광기를 통해 자신의 트라우마까지 되새기게 된 그녀는 어쩔 수 없이 광기를 내뿜게 된다.

Character

하진(2056년생, 14세)

고래의 소리를 들을 줄 알고 소리도 낼
줄 아는 소녀. 유령도시 부산에서 마약
을 팔며 지내던 어느 날, 자신을 찾아온
낯선 여자로 인해 화산고래라는 엄청난
존재와 마주하게 된다.

백상원 (2035년생, 35세)

스텔라호의 선장. 7년 전, 화산고래에게
한쪽 팔과 남편을 잃은 후, 화산고래를
죽이는 데 집착하게 된다. 화산고래를
없애기 위해 특별한 능력을 가진 하진을
찾아간다.

이재형 (2029년생, 41세)

폭탄제조가. 영락없는 부산 아저씨다. 털털한 성격에 정이 많아 보이지만 어쩐지 속내를 알 수 없다. 화산고래보다 라바에 대한 환상과 욕심이 강하다.

안드라 (2045년생, 25세)

러시아 출신의 명사수. 이성적이고 무뚝
뚝하지만 정이 많다. 백상원의 말이라면
뭐든지 믿고 따를 준비가 되어 있다.

이안 (2052년생, 18세)

동남아 화산지대 부족민 출신. 동물적인 감각으로 화산동굴에서 길라잡이 역할을 한다. 활발하고 명랑한 성격. 라바 채굴장에서 채굴 경험이 있기 때문에 화산동굴에 대해 잘 안다.

텐진 (2047년생, 23세)

화산지대 부족민 출신. 최고의 작살잡이. 화산 신을 섬기던 부족민들이 화산폭발로 인해 멸족하자 화산고래를 죽이기 위해 동생 이안과 함께 백상원 무리에 합류한다. 겁이 없고 늘 자신만만하다. 자신과 똑같이 고래에 대한 복수심을 가지고 있지만 속내를 숨기는 백상원에 대해 불신이 가득하다.

프롤로그

"화산 속에 사는 전설의 고래상어를 만나는 일은 매우 드물다고 한다."

2012년 1월에 시작해 2013년 12월에 끝난 한국영화아카데미 제작연구과정 6기 애니메이션 〈화산고래〉 팀의 이야기이다. 각자 다른 시기에 연구과정에 들어와 뜨거운 열정으로 함께 만들어 간 〈화산고래〉가 드디어 끝을 보이고 있다. 상암 작업실이 홍대 삼진제약 건물로, 다시 아카데미 건물로 옮겨 오는 동안 겪었던 다사다난했던 우리들의 이야기를 시작해 보려 한다.

이 제작백서는 나(박혜미 감독) 혼자만의 이야기가 아니라 김기환 프로듀서, 김은진 조연출, 민지현 원동화 작가, 이소라 배경 작가, 고아라 배경 작가가 다른 스태프들을 대표해 함께 작성한 이야기다. 코끝이 간질간질해지는 10월, 우리는 이렇게 다시 웃으면서 〈화산고래〉를 추억한다.

프롤로그

화산고래가 헤엄친다

019
프롤로그

프리 프로덕션

전설 속 고래에서 시작된 이야기

〈화산고래〉 시나리오를 쓰게 된 계기

"사랑이라는 것은 여러 가지 형태가 있지만 가장 일반적인 사랑의 탄생은 물고기, 그 중에서도 서인도 제도의 구피가 구름을 먹고 낳은 것이다. 가끔 화산 속 전설의 고래상어가 낳은 불멸의 사랑을 얻는 사람이 있다곤 하지만, 가격이 싸고 기르기 쉬운 구피를 통해 얻는 것이 일반적이다. 가급적 여러 마리를 넣어 주는 것이 고기들에게 좋고 관상용으로도 좋지만, 다른 종을 넣어 줄 경우 합사가 가능한지 구입처에서 반드시 물어봐야 한다. 구름은 한 마리당 1~2분 내에 다 먹을 수 있는 양만 주도록 하자. 그래야 배설물이 많이 쌓이지 않는다. 주기는 하루에 한 번이나 이틀에 한 번 정도이고 일주일 이상 집을 비울 예정이면 주말용으로 적운형 구름이 좋다. 질소, 산소를 비롯해 아르곤, 이산화탄소, 네온, 헬륨, 크립톤으로 이루어졌다. 교환은 어항 크기에 따라 다르지만 대개 한 달에 한두 번 정도가 적당하다. 이때 반드시 대기의 아르곤 양을 적절히 조절해 주는 것이 중요하다.

초보자는 구피에게 일주일, 길게는 5달 정도 관심을 주는 것으로 알려져 있지만, 상급자의 경우 지속적인 관리와 신뢰를 거듭하면 화산 속에 산다는 고래상어의 사랑만큼이나 깨끗하고 진실한 사랑을 얻을 수 있다. 사실 화산 속에 사는 전설의 고래상어를 키우는 데는 많은 돈이 들뿐 아니라 만나는 일조차 매우 드물다고 한다."

이 글귀에서 시작된 이야기가 바로 〈화산고래〉다. 시작은 아주 단순했고 유쾌했다. 글쓰기를 좋아하는 친구의 수첩에서 이 글을 보고 마음에 들어 이야기를 만들어 보고 싶다고 했다. 하지만 이 글이 영화 시나리오로 변형되면서 수십 번도 넘게 이 이야기를 선택한 것을 후회했다. 고래라니! 그것도 화산 속에 사는 전설의 고래라니!

아카데미 첫 강의는 오승욱 감독님의 시나리오 수업이었다. 나는 아직도 그날을 잊을 수 없다. 감독님은 강의 전날 우리에게 수업 때 장편으로 쓰고 싶은 소재를 간단히 써오라고 하셨다. 딱히 정해 놓은 소재가 없었던 나는 당시 쓰고 있던 '전설의 고래상어'에 관한 이야기를 가져갔다. 긴장되던 첫 수업, 감독님이 한마디 하셨다.

"오늘 써온 시나리오 소재를 1년 동안 말이 되는 시나리오로 만든다. 1년 동안 시나리오 소재를 바꿀 수 없다. 바꾼다고 하면 죽는다."

막막했다. 화산고래는 그냥 써놓은 글이 없어서 가져갔던 소재였고, 사실 이야기하고 싶은 장르는 따로 있었다. 심지어 당시 쓰고 있던 글은 비주얼적인 이미지 때문에 만들었던 것이라 동기들이 가져온 소재와 전혀 다른 판타지였다. 애니메이션으로 만든다고 해도 돈이 많이 들어가서 도저히 만들 수 없는 소재였다. 그때부터 시나리오 수업은 나에게 고역이었고, 나 자신을 시험하는 시험대였다. 1년 동안 단편을 제작하면서 시놉시스를 발전시키고 초고 시나리오까지 정신없이 달렸다. 글 쓰는 것에 약한 나는 매 수업마다 혼나기 일쑤였다.

문법, 맞춤법, 이상한 사투리 단어, 스스로도 부끄러울 정도로 부족한 글을 마구 써내려 갔다. 그나마 1년 동안 발전이 아주 없었던 것은 아니다. 글을 쓰는 것에 점점 즐거움을 느끼기 시작했다. 하지만 역시나 수업 때는 욕을 많이 먹었다. 한글 맞춤법 교정은 글을 다 쓰고 나서 항상 해야 하는 마지막 점검 과정이었다.

뜻하지 않은 장편 애니메이션 제작의 기회

비주얼은 어떻게 살려야 하지?

시나리오 심사 후 부산에 내려와 휴식을 취하고 있을 때였다. 이성강 교수님이 직접 전화를 주셨다. 장편 애니메이션에 당선되었으니 서울로 올라오라는 내용이었다.1년 내내 시달렸던 아카데미의 지옥 같은 커리큘럼에서 벗어나 평화로운 시간을 보내고 있을 무렵, 추운 겨울이었지만 너무나도 따뜻한 시간을 보내고 있던 나는 다소 얼떨떨한 기분으로 그 소식을 들었다. 옆에 있던 동생이 잘된 일인데 왜 그렇게 뻣뻣하게 굳어 있냐고 물을 정도였다. 서울로 다시 올라가기 전 부산에 있던 5일 내내 온갖 생각을 했다. 기뻤다기보다 덜컥 겁이 났다. 내 시나리오는 말 그대로 판타지 액션 어드벤처. 커다란 고래가 날뛰는 애니메이션이다. 그 수많은 동화는 어떻게 할 것이며 비주얼은 어떻게 살릴 것인가?

무엇보다 지나치게 광대한 세계관이라 내가 이것을 장편 애니메이션으로 만들 수 있을지 막막했다. 내가 생각하기에 다른 동기들의 시나리오가 훨씬 훌륭했고 제작 현실을 생각하면 내 시나리오는 제작이 거의 불가능할 것 같았다. 수업시간에도 제일 많이 혼났으니까.

초고 시나리오를 쓰는 동안 너무 괴로웠기에 5개월간 시나리오만 다시 써야 한다는 생각에 벌써부터 머리가 아프기 시작했다. 책을 많이 읽지도, 영화를 많이 보지도 못한 내가 제대로 된 시나리오를 쓴다는 것은 쉬운 일이 아니다.

고래와 화산에 관한 세계사 정리

시나리오 멘토 교수님인 오승욱 감독님의 수업은 늘 즐거우면서도 긴장되는 시간이었다. 수업 방식은 내가 써간 시나리오를 함께 읽고 거기에 대한 코멘트와 격렬한 비판, 그리고 자료가 될 만한 책과 영화 추천으로 이어졌다. 수업 때 예제로 나오는 영화와 책은 무조건 다음 수업 때까지 읽어 가야 했다. 시나리오를 쓰는 5개월 동안 본 영화와 책을 합치면 내 평생 본 책보다 많을 것이다.

다행히 내가 이제까지 살아오면서 가장 잘한 것이 있다면 만화책과 판타지소설, 미국 드라마를 닥치는 대로 봤다는 것이다. 중학교 때는 독서실에 간 이유가 판타지 소설을 맘껏 읽기 위해서이니 말이다. 수업 중 감독님이 이야기하는 영화와 소설은 잘 모르겠지만 판타지 소설과 만화책은 어느 정도 알아들을 수 있었다. 그래서 조금이라도 욕을 덜 먹었다. 그렇다고 내 한글 문법과 맞춤법 실력이 나아진 것은 아니다.

초기 시나리오는 그냥 이야기만 간단히 늘어놓은 형식이라 무슨 말인지 모르는 글이 되어 버렸다. 세계관을 정리해야 하는 순간이 찾아왔다. 지진과 화산이 끊임없이 발생해 엉망이 되어 버린 세상. 사람들은 각박해졌고, 그땅을 벗어날 생각도 감히 할 수 없다. 그런 곳에서 살아가는 특별한 능력을 가진 한여자 아이의 이야기다.

나만이 만들 수 있는 세계관과 디테일이 필요했다. 시작 장소를 바꿨다. 지브리 애니메이션에 익숙해져 모든 배경을 애매한 외국 마을로 설정하는 경향이 많았지만, 이제 내가 나고 자란 부산을 배경으로 이야기를 끌어가고 싶었다.

'2070년 지진 때문에 무너져 내린 부산 센텀시티.'

배경을 바꾼 시나리오를 오승욱 감독님에게 보여 주었다. 그날 처음으로 칭찬을 들었다. 이제야 내 시나리오 같다고 말씀하셨다. 나 역시 시나리오를 쓰며 제일 즐거움을 많이 느꼈다. 1년 전 말도 안 되는 '전설의 고래상어' 이야기가 점점 말이 되는 이야기로 변하고 있었다. 그때부터 나는 세계관을 다듬기 위해 지진, 화산, 고래에 대한 조사에 매달렸다.

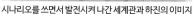

시나리오를 쓰면서 발전시켜 나간 세계관과 하진의 이미지

시나리오를 위한 가상 연보

지진, 화산, 고래. 거의 한 달 동안 이 세 가지에 매달렸다. 책과 뉴스를 찾아 읽고 다큐멘터리를 챙겨 봤다. 뭐든 가리지 않고 온갖 지식을 꾸역꾸역 머릿속에 집어넣었다. 잠을 잘 때도 고래 울음소리를 명상음악으로 틀어 놓고 잘 정도였다. 자료조사가 지겹기는커녕 너무 재미있었다.

대체로 다큐멘터리를 보면서 지식을 늘려갔는데, 〈Deadlist Catch〉라는 대게잡이 배에 관한 다큐멘터리는 여느 지겨운 다큐멘터리와 달리 유머러스한 부분이 많아 쉬는 시간을 이용해 종종 보곤 했다. 지구에서 가장 위험한 3대 직업 중 하나인 베링해 한철 게잡이 어부들의 생활을 보여 주는 다큐멘터리인데 워낙 주인공 캐릭터들이 특이하고 유쾌해서 계속 보게 되었다. 거친 파도와 위험 속에서도 그들은 유쾌함을 잃지 않고 서로에게 의지하며 극한의 상황을 견뎌 나갔다. 자연의 위험과 싸우는 캐릭터들은 바다와 화산을 배경으로 한 이야기를 써내려 가던 나에게 많은 도움이 되었다.

화산과 지진 활동, 그리고 돌고래들의 죽음을 연결하려면 사실적인 사건을 바탕으로 연보를 정리해야 했다. 중요하고 큰 사건들을 바탕으로 화산, 지진, 고래, 이 세 가지 이야기를 연결해 나갔다. 새로운 역사를 만들어 가는 과정은 굉장히 흥미로웠다.

고래와 화산에 관한 세계사 정리

선사시대　　　　화산의 흑요석을 칼날처럼 활용.

기원전 6200년　　터키 차탈휘육 신전 벽화에 화산과 인간이 최초로 묘사.

기원전 1620년　　지중해 산토리니 화산 분출, 미노스 문명 멸망.

서기 79년　　　　로마시대, 폼페이 화산 폭발.

1215년　　　　　백두산 폭발.

1348년　　　　　유럽 전역에 흑사병.

1531년　　　　　조선 중종 26년 신증동국여지승람 울산편_경해(鯨海) 명칭.

1271~1634년　　중국 원나라, 명나라 시절 동해를 경해라 부름.

1556년　　　　　중국 산시성 지진. 사망자는 무려 83만 명.

　　　　　　　　시체가 많아 전염병이 돌고 농사를 지을 수 없어 식량이 부족했다.

1606년　　　　　일본 타이지에서 체계화된 일련의 그룹이 작살로 고래잡이 시작.

1700년　　　　　숙종24년~26년 3월11일 충청도, 대구 등지에 지진이 일어남.

1720년　　　　　'함경도 부령부 경성부가 갑자기 어두워지면서 열기가 가득한 변고가~'

　　　　　　　　백두산 폭발 기록.

1815년　　　　　인도네시아 탐보라 화산 분출.

1816년　　　　　인도네시아에 겨울 현상. '여름이 없던 해'로 기록.

　　　　　　　　티푸스와 콜레라 번창.

1849년　　　　　한반도 연안에서 조업한 미국의 포경선 포경일지 '대형고래가 많다'는 기록.

1899년　　　　　일본 포경선 항해일지, '강원도 영일만에 고래 떼가 득실하다'는 기록.

1902년　　　　　인도네시아 몽플레 화산 폭발. 화산으로 인한 약탈과 혼돈.

1906년　　　　　일본, 아유카와에 현대적인 포경기지가 건설되면서 대규모

포경 산업 시작.

1907년	아이슬란드 화산 지열 에너지를 개발해 난방용 온수와 전기 등 공급.
1908년 12월	이탈리아 메시나 지진 12만 명,
1912년	앤드루즈, 한국계 귀신고래 울산 앞바다에서 번식한다는 발표, 조사.
1916년	미국 래슨 화산, 하와이 화산 국립공원 지정(아름다운 경관).
1933년~1948년	울산 앞바다 희귀 귀신고래 6두 포획.
1960년 5월 22일	칠레 9.5강진.
1978년	미국 고래 의문의 떼죽음.
1980년	미국 세인트헬렌즈 화산 폭발. 주변 삼림 초토화.
1982년	IWC가 1986년부터 상업포경 금지 선언, 일본은 이 결정에 반대.
1983년	일본의 포경산업으로 한반도, 귀신고래 멸종위기.
1991년 6월 12일	피나투보 화산 폭발. 약 25만 명이 집을 잃고 9백여 명이 사망.
	지구의 평균기온 0.5도 떨어짐.
1992년	일본 도쿄에서 IWC 45차 연례회의 개최. 노르웨이 상업포경 재개.
1997년	포클랜드 군도 아르헨티나 노항 부근에서 돌고래 약 4백 마리
	의문의 떼죽음.
2004년 11월	호주 ,뉴질랜드 해안 세 군데서 고래 떼죽음(집단자살로 추정).
2004년 12월 26일	인도네시아 수마트라 9.1강진, 23만 명 사망.
2006년 11월	뉴질랜드 오클랜드 돌고래 77마리 집단자살.
2007년	뉴질랜드 루이페후 화산, 예고 없는 화산폭발.
2008년	충남 보령시 돌쇠고래 세 마리 자살.
2008년	울산 반구대 암각화에 한국 고래족 발견.
2009년	중국의 백두산 아래 원자력발전소 착공 발표.

화산고래가 헤엄친다

2007년~2010년	'아프리카 뿔' 해적에 의한 공격과 납치 횟수 4배 이상 증가.
	불법 포경 확산.
2010년 1월 12일	아프리카 아이티 지진. 20만 명 이상 사망.
2010년 4월	아이슬란드 화산폭발.
2010년	일본 연구목적의 포경 활발.
2011년	일본 140년 만에 진도 9.0 강진 발생, 1만2천여 명 사상.
	강진에 의한 후쿠시마 원전 붕괴 방사능 유출 심각.
2011년 2월	서해안에서 살쾡이 240여 마리 떼죽음.
2011년 4월	일본, 체르노빌 수준의 원자력 심각성 발표.
2011년 5월	김정일 중국방문 식량원조 지원요청
2011년	미국 동부지역 159년 만에 진도 5.9 강진,
2011년	환태평양 조산대에 위치한 여러 나라들이 지진과 쓰나미, 화산폭발 등
	자연재해.
2012년 5월	후쿠시마 원전 피해 주민들 전북으로 집단 이주 희망.
2012년 7월	홋카이도 다이쇼 화산 작은 폭발.

시나리오를 위한 가상 연보

2013년   한국, 중국에 백두산 원자력발전소 해체요망.

2015년   세계 식량, 에너지 문제. 세계 경제 불황.

2020년   석유고갈 문제 대두. 일본의 후지산 폭발 징조. 5년 만에 9.7강진.

　　　　　　2만 명 사망. 홋카이도가 0.7밀리 밀려남. 중국의 일본 구호활동.

　　　　　　도쿄에 구호기지 설치.

2021년   한국으로 일본인 불법 이민자 최다 입국.

　　　　　　한국, 일본 거주 집단 반대서명 운동.

2022년   석유 이외의 대체에너지 자원을 둘러싼 세계비상회담.

　　　　　　일본, 2년 동안 가고시마 등에서 다섯 차례에 걸친 지진 발생.

　　　　　　총 1만 명 사망.

2023년 7월 후지산 폭발. 후지산의 폭발로 인해 일본의 땅덩어리 다수 줄어들고

　　　　　　한국의 땅덩어리 늘어남. 후지산 화산재 20퍼센트가 중국으로 넘어감.

　　　　　　세계 곳곳에서 이상기후 징후. 그로 인한 사람들의 혼돈.

2025년 1월 백두산 폭발 징후. 9월 백두산 천지에서 작은 폭발들이 일어남.

2026년   중국 백두산 원자력발전소 해체 작업 중 방사능이 누출되는 큰 사고 발생.

2027년   강원도 부근 6.7 강진 발생. 약 2천 명 사망.

2029년 2월 석유 및 자원 고갈. 지구의 이상 기후로 대체에너지원 불가능해짐.

　　　　　　핵으로 인한 전염병 발생.

2030년   석유고갈로 인해 공장들이 문을 닫고 인류의 퇴보 예언.

2032년   백두산 폭발, 원자력 피해. 한반도에 여름이 없는 해가 시작된다.

　　　　　　(핵겨울)

2033년	국적 없이 떠도는 이들이 생겨난다. 세계 곳곳에 약탈과 범죄가 일어남.
	기형아 문제 심각. 세계 기아 문제. 기형 동물 등 생겨남.
2034년	오존층의 40퍼센트 파괴, 전쟁으로 자연생태계 파괴 심각. 공기오염.
2040년	인류재생협회 생김. 중국선임위원회, 중국이 주도권을 잡게 됨.
2055년	15년 동안 국적이 불분명해짐. 불법이민이 지속되고 국가와 정부의
	경계가 허물어짐. 중국에 많은 다국적 노동자들이 들어옴. 바다에는 많은
	해적들이 생겨나 세계 해양 경비경이 손을 쓸 수 없는 상태가 되어 버림.
2055년	중국, 한국, 일본, 동남아 아시아 태평양(AT)조약 맺음.
2055년	기형, 희귀 동물들과 생물들이 암시장에서 인기를 끎.
	중국 화산지대에서 라바 자원 발견. 석유 이상의 활용성 자원으로 발표됨.
	하지만 어마어마한 자원 가치에 비해 환경오염도는 심각하다는 소식.
	그럼에도 불구하고 개의치 않고 라바를 탐내는 사람들.
2056년	중국의 라바 자원 개발 연구소 지역, 엄청난 환경오염으로 폐쇄 위기.
2056~62년	화산을 차지하기 위한 국가 간 화산자원 쟁탈전. 군인, 해적, 도둑, 모험가
	등 많은 무리들의 약탈 및 화산 싸움이 일어난다.
2059년 1월	태평양을 지나던 항적들이 고래화산 발견. 무전으로 화산에 괴물이
	산다고 발표.
	무전 뒤 사라져 버린 항적. 찾으러 갔지만 어떠한 흔적도 발견 못함.
	화산의 연기 속 재 때문에 오래 머물지 못하고 떠남.
2060년	한국 해적단의 고래화산섬 탐험. 화산 안에서 엄청난 양의 라바 자원 발견.
	이상한 생명체에 죽임을 당한다. 한국 해적단 한 사람이 살아남지만 잠적.
2064년	대서양 화산섬들이 다수 분포한 지역에서 해적들의 큰 싸움 일어남.
	백상원 해적단이 유명세를 떨침.

2065년	미국, 중국, 러시아, 동남아 각 국가에 라바 자원 발전소 착공.
2066년	연합군, 독점적으로 환태평양 지대의 화산섬들을 정복하려 함.
2070년	화산섬이 해적들 사이에서 유명해짐. 한곳만 정복해도 라바 자원을 쉽게 팔 수 있기 때문. 육지의 화산은 지키기 어렵다. 그래서 아태(AT) 연합군들과 잦은 마찰이 일어난다. 화산섬 중 고래화산이 단연 최적의 화산으로 꼽힌다. 다른 화산들에 비해 엄청난 양의 라바가 대량 매장되어 있기 때문. 화산고래가 있음에도 사람들이 고래화산을 찾는 이유는 엄청난 양의 라바 때문이다.

위 글을 스태프들에게 시나리오와 함께 건네주었고 효과적으로 아트워크 작업을 하는 데 큰 도움이 되었다.

캐릭터 연보, 그리고 그들만의 이야기

세계관을 정리한 후 해야 할 일은 각 캐릭터의 역사를 만드는 것이다. 특히 화산고 래라는 전설적인 존재를 말이 되는 생물체로 만들기 위해서는 많은 고민과 정리가 필요했다. 봉준호 감독의 영화 〈괴물〉에도 왜 괴물이 탄생하게 되었는지를 보여 주는 장면이 등장하다. 그 장면 이후 관객들은 더 이상 괴물에 대해 의문을 가지지 않는다.

고래에 대해 조사를 하는 과정에서 굉장히 흥미로운 자료들을 볼 수 있었다. 옛 사람들은 고래를 처음 보고 어떤 생각을 했는지, 어떤 존재로 인식했는지 등 신 비한 설화가 많았다. 그 중 가장 인상 깊었던 자료가 지금도 남아 있는 페로 제도의 '피의 축제'다. 덴마크령인 이 화산섬에서 천년 동안이나 내려온 축제로 매해 돌고 래떼들이 지나가는 시기를 잡아 길라잡이 쇠로 돌고래들을 대량 학살하는 것이다.

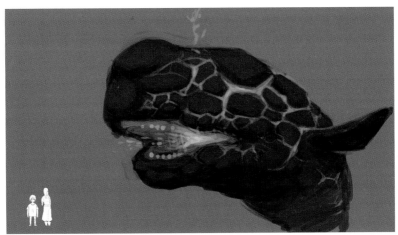

화산고래 비례

쇠꼬챙이로 척추를 내리쳐 움직임을 둔화시키고 칼로 주요 동맥을 그 자리에서 자른다. 바닷물 속에서 상처의 피가 굳지 않고 그대로 다 빠진다. 고래를 잡으면 해안가는 피바다가 되어 버린다. 〈에반게리온〉의 붉은 바다처럼 말이다. 축제가 아닌 학살 수준의 이 행사 사진을 보며 소름이 돋았다. 붉은 피바다 속에서 하얀 피부의 어린 아이들과 어른들이 쇠꼬챙이를 들고 돌고래 머리를 자르는 모습이 너무나도 즐거워 보여 기분이 이상했다.

피의 축제를 보고 떠올린 것이 하진의 트라우마 장면이다. 덴마크의 역사적 의미와는 상관없이 그저 이미지만 참고하기로 했다. 포경 산업이 황금기를 누리던 시절의 사진들을 보며 적색 물가에서 사람들이 기괴하게 웃는 장면을 상상했다.

〈화산고래〉의 설정

캐릭터를 설정하기 위해 뭔가를 쓰기 시작했다. 이글은 캐릭터를 위해 정리한 것이다.

"예로부터 고래는 인간에게 낯선 바다괴물로 인식됐다. 어부들은 어둠이 짙게 깔린 밤 바다에서 고기를 잡다가 들리는 고래 소리를 스산하게 여기고 무서워했다. 그러다 일본에서 시작된 포경산업으로 고래들은 인간에게 두려움의대상이 아닌 사냥감의 표적이 된다. 화산고래는 멸망해 가는 지구의 생명체인데, 고래와 생김새가 흡사해 해적들은 이를 화산고래라 부르기 시작했다. 사실은 그 실체를 본 적도 없는 사람들. 화산섬에 도착했을 때 죽음의 노래(화산고래 소리)를 들으면 징조가 좋지 않다는 전설이 생겨난다. 라바는 화산 안쪽에만 분포되어 있는 자원. 고래화산에 있는 라바가 가장 질이 좋고 엄청난 가치를 지녔다고 알려져 있다. 하지만 희토류나 석유처럼 라바는 굉장한 자원인 동시에 환경에 치명적이다. 화산고래는 라바가 지구멸망의 재앙을 불러일으

킨다는 것을 알기 때문에 인간들이 가져가지 못하게 노력한다. 그에 반해 인간들은 엄청난 자원의 가치를 지닌 라바를 차지하기 위해 고래화산으로 몰려든다. 결국 재앙을 초래하는 인간들. 하지만 백상원은 라바가 목적이 아니라 화산고래에게 복수하는 것이 목적이다." (2012. 07. 30)

'라바'는 희토류에서 아이디어를 얻은 보물이다. 생김새는 광석이지만 의미적으로나 활용적으로는 희토류에서 가져왔다. 희토류에 관한 책을 읽었는데, 이 작은 광물이 인류에게 얼마나 많은 영향을 미치고 있는지 알게 되었다. 실제로는 생각보다 지구상에 대량 매장되어 있지만 화학 과정이 지독해 개발에 제한을 가하고 있다고 한다. 중국에서는 희토류를 공정하는 과정에서 사막화가 진행되었다는 설이 있다.

백상원의 설정

백상원 캐릭터를 만들 때가 가장 힘들었다. 산전수전 다 겪었을 30대 여성상을 그리기에는 내 능력이 턱없이 부족했다. 주변에 비슷한 느낌의 사람이 존재하지 않았다.

나에게 영감을 줬던 〈모비딕〉도 남성을 표현한 소설이라 공감하고 글로 옮기는 것이 힘들었다. 역사 속 강한 여성상을 찾아봤지만 자세한 묘사나 흔적이 없었다. 그만큼 소설과 영화에 나올 법한 여자를 묘사하는 건 나에게 어려운 숙제였다. 그 무렵 오승욱 감독님이 추천해 준 책이 유명한 스페인 작가 아르투로 페레스 레베르테의 〈뒤마클럽〉과 〈남부의 여왕〉이다. 이 책을 읽었을 때의 희열은 이루 말할 수 없다. 이보다 백상원과 비슷한 캐릭터가 있단 말인가. 감독님도 그 책을 읽었을 때 내 시나리오의 주인공이 생각났다고 했다.멕시코 출신의 한 여성이 지중해

마약 운송을 책임지는 거물로 거듭나는 과정을 그린 소설인데, 평탄치 않은 그녀의 인생이 나에게 큰 영감을 주었다. 그녀는 사랑하는 사람을 잃고 아이러니컬하게도 그 사람을 잃게 만든 마약으로 인해 새 삶을 살아가게 된다. 거친 남성들의 세계에서 그녀는 무엇을 위해 살 것인지 계속 찾게 된다. 나와 전혀 다른 삶, 다른 성격을 지닌 테레사라는 캐릭터에 호감을 느꼈다. 그래서 그녀를 모델로 '백상원'이라는 캐릭터를 잡아 나갔다. 원래 주인공 '백상원'이라는 이름은 사실 남편의 이름이다. '백상원'에게는 원래의 이름이 있었지만 남편을 잃고 난 뒤 자신의 이름을 버리고 남편의 이름으로 거친 해적들의 세계에서 살아간다. 미련하지만 그 이상의 것을 꿈꾸는 '백상원'이라는 캐릭터는 매혹적이면서 아직도 내가 풀지 못한 수수께끼 같은 인물이다.

"테레사는 자신의 기나긴 삶 속에서 인생과 인간에 대해 분명하게 깨달은 세 가지 교훈은 이런 것이 아닐까 하는 생각이 들었다. 사람들이란 서로를 죽이고, 기억하고, 그리고 죽어간다는 것. 왜냐하면 눈은 앞을 바라보지만, 정신없이 걷다 보면 등 뒤에 남겨진 주검들만 보게 될 순간이 올 것이기 때문이다. 실은 그 주검들 사이에 자신의 주검도 섞여 있다. 단지 그 사실을 모르고 있을 뿐, 마지막에 주검을 보고서야 깨닫게 될 것이다. 테레사 멘도사는 삶의 비정과 잔혹 속에서 결국 자아에 눈을 뜨는 것만이 유일한 구원임을 깨닫게 된다. 하지만 자아에 눈을 뜬다는 것은 더 큰 허무와 조우하는 일이다. 자신이 거쳐 온 숱한 인물들의 운명 속에 결국 자신이 겹쳐져 있다는 걸 그녀는 알게 된다. 그것을 알고 난 뒤에 그녀는 자신을 가두고 있던 과거의 자신과 완전히 결별한다. 고향으로 돌아간 12년 전의 미성숙한 자아와 결별하고, 애인을 죽게 만든 자에게 복수한 뒤에 신화적인 공간 속으로 사라져 버리는 것이다."_〈남부의 여왕〉 중

영감이라는 건 매순간 언제 찾아올지 모르는 것이다. 메인 작업을 한창 진행하던 중, 라디오에서 '장기하와 얼굴들'의 음악이 흘러나왔다. 작업을 하던 팀원들이 백상원의 노래 같다고 말했다. 가사가 짧지만 강렬했다. 정말 백상원의 대사 같았다.

눈송이마저 숨을 죽여 내리고
내 발소리 메아리 되어 돌아오네
바람만이 이따금씩 말을 건네고
난롯불에 녹였던 손끝이
벌써 다시 얼었고

언제부터 시작했는지는 몰라도
어디까지 가는 건지는 몰라도
쉬어갈 곳은 좀처럼 보이지를 않아도

예전에 보았던 웃음들이
기억에서 하나 둘 사라져도

마냥 걷는다 마냥 걷는다
좋았던 그 시절의 사진 한 장 품에 안고

마냥 걷는다 마냥 걷는다
좋았던 그 사람의 편지 한 장 손에 쥐고
마냥 걷는다 마냥 걷는다
얼어붙은 달밤을 혼자 걸어간다

_ 장기하와 얼굴들의 '마냥 걷는다'

하진의 설정

열다섯 살 사춘기 여자아이. 엄마의 손길이 간절한 나이다. 자연스럽게 나는 이 주인공 캐릭터에 나를 대입시킬 수밖에 없었다. 이 영화를 이끌어 갈 주인공이자 감독인 내가 제일 잘 알아야 하는 캐릭터이기 때문이다. 시나리오 초고에서 하진은 어른스러운 척하는 건방진 애로 비춰져 보는 사람을 짜증나게 만들었다. 그 모습이 나와 비슷해 보이는 것은 어쩔 수 없지만 좀 다른 면, 아이 같은 면도 보여 줘야 한다는 지적을 자주 들었다. 어쩌면 내 자신, 무의식적으로 시나리오를 다른 사람들에게 보여 줘야 한다는 것을 의식하고 있었는지도 모른다.

잠시 휴식이 필요했다. 하진이 살아온 환경은 나와 전혀 딴판이지만 내 모습을 넣어야 했다. 나라면 그런 상황에서 어떻게 했을까. 이런저런 생각을 대입시키며 글을 정리해 나갔다. 처음에는 단순히 강한 척, 센 척하던 캐릭터가 자존심 싸움에 지자 울분을 토하고, 칭찬을 들으면 괜히 좋아하기 시작했다. 어머니의 손길이 그립지 않다고 했지만 어머니의 손길을 사실은 애절하게 그리워하는 아이의 모습.그런 성향이 지금의 나를 보여 주는 것 같아 좋았다. 시나리오는 좀 더 리듬감을 찾아가는 것 같았다. 처음에는 하진의 행동반경을 예상할 수 없었는데 지금은 모든팀원들이 예상할 수 있는 캐릭터가 되었다. 그리고 모두 하진이 나를 닮았다고 말했다. 그렇다고 마냥 내 모습만 따온 것은 아니다(만일 내 모습만 넣었다면 따분하고 지루했을것이다). 다른 레퍼런스도 찾아보았고, 조지 마틴의 소설 〈왕좌의 게임〉에 등장하는 아리아 스타크라는 인물도 많이 참고했다.

　〈왕좌의 게임〉을 읽게 된 건 책이 나온 지 얼마 되지 않았을 무렵이다. 엄청난이슈를 몰고 온 소설이고 평소 판타지 소설을 좋아했기 때문에 자연스럽게 찾아

보게 되었다(어쩌면 영화과 동기의 극성에 못 이겨 보게 되었던 것 같기도 하다). 〈모비딕〉 수준의 두께를 자랑하는 소설은 너무나도 흥미진진해 3일 만에 다 해치웠다. 다양한 캐릭터들의 배신과 음모가 가득한 이 소설은 여느 판타지 소설들과 확연히 달랐다. 조지 마틴은 독자를 놀리듯이 정감이 가는 캐릭터들에게 죽음을 선사하고 어딘가 비뚤어지고 하자가 있는 캐릭터들에게 끈질긴 생명을 안겨 주었다. 한마디로 독자를 쥐락펴락했다. 오승욱 감독님도 이 책을 보셨는지 한 달 내내 시나리오 수업 때마다 〈왕좌의 게임〉 이야기를 꺼냈다.

처음에는 아리아라는 캐릭터가 눈에 들어오지 않았다. 그냥 선머슴 같은 열세 살 여자아이였다. 하지만 가문이 풍비박산 나고 혼자 전쟁터에서 생존해 가는 아리아의 모습에 점점 관심이 가기 시작했다. 아이라서 어리석지만 때로는 어른들보다 영특하고 악착같은 캐릭터였다. 살려는 의지가 강한 아이의 모습은 어쩐지 하진의 모습과 많이 닮았다. 남들에게 자신의 본모습을 숨기는, 어른에 대한 불신과 두려움을 가진 그녀의 모습이 그냥 좋았다. 두꺼운 책을 2주 만에 모두 읽었을 만큼 소설은 재미있었고 시나리오에 긍정적인 영향을 미쳤다.

허먼 멜빌의 〈모비딕〉

이야기의 초점을 고래에 맞출지 인간의 본성에 맞춰야 할지 고민에 빠져 있던 시점. 오승욱 감독님이 추천해 준 책은 허먼 멜빌의 〈모비딕〉이었다. 매번 시나리오가 막힐 때마다 책이나 영화에서 꽤 많은 영감을 얻었기 때문에 이번에도 기대가 컸다.

'그래, 이 책을 다 읽고 나면 시나리오의 방향이 좀 잡히지 않을까?' 라는 마음으로 서점에 갔다. 그런데 웬걸! 〈수학의 정석〉보다 두꺼운 책이, 심지어 종이도 얇은 책이 나를 노려보고 있었다. 책표지에는 커다란 고래가 내 눈을 뚫어지게 쳐다 보고 있었다. 〈왕좌의 게임〉도 두께는 두꺼웠지만 그 책은 나름 흥미로운 판타지 소설이었다. 하지만 〈모비딕〉은 1851년에 나온 고전 명작이다. 허먼 멜빌의 글은 어렵기로 유명하다. 한 문장도 쉽게 끝이 안 났으며, 어려운 단어와 어려운 해석이 너무 많았다. 나에게는 너무도 낯선 형식이었다.

첫 페이지부터 머리에 쥐가 내리는데 어찌 읽고 참고를 하란 말인가. 그냥 '글자'를 읽는데도 몇 주나 걸렸다. 오기가 생겼다. 일주일 내내 〈모비딕〉만 잡고 책을 파기 시작했다. 처음에는 읽기 힘들었지만 그래도 소설이기에 이야기의 흐름이 잡혔다. 의외로 유머러스한 에피소드들이 종종 있어 끊길 듯 말 듯한 호흡으로 책을 읽어 나갔다.

시나리오 자체를 처음 써보는 나에게도 '화산고래'와 '모비딕'의 캐릭터 차이가 확실히 보였다. 에이허브라는 캐릭터와 스타벅, 모비딕, 그 외의 인물들까지 광기어린 이야기를 조곤조곤 설명하는 글이라 읽는 내내 지루함도 있었지만 목사가 바닷사람들에게 연설하는 장면은 꽤 감동적이었다. 사람을 사로잡는 카리스마가 있었다. 고래라는 존재를 어떤 식으로 보여 줄지, 그 고래를 통해 주인공을 어떻게 보여 줘야 할지가 눈에 훤히 보이기 시작했다. 이제 선택만 하면 된다.

나는 고래보다 인간에 초점을 맞추기로 했다. 그 편이 훨씬 편했고 이미 다른 책들을 읽으면서 충분히 캐릭터들을 만들어 놓은 상태였다.

스타벅이 외쳤다. "노인이여, 당신은 절대로, 절대로 그놈을 잡지 못할 겁니다. 이건 악마의 광기보다 더 나쁩니다. 그 흉악한 고래가 우리를 몽땅 물속에 처박을 때까지 그놈을 계속 추적할 겁니까? 그놈한테 바다 밑바닥까지 끌려갈 겁니까? 지옥에까지?"

_허먼 멜빌의 〈모비딕〉 중에서

끝없이 질문을 던지다

시나리오를 쓰면서 스스로 이해가 안 되는 부분이 있을지 몰라 매일 질문지를 작성했다. 다음은 질문지와 그에 대한 상념을 글로 옮긴 것이다.

- *하진에게 들어가는 제안은? 괴물을 잡으러 가는데 당신의 능력이 필요하다는 이야기를 듣는다. 어떤 능력? 예전에 네가 그 능력으로 많은 것들을 죽인 적이 있잖아? 사래도에서의 일 기억나? 사래도에서 어떤 일이 있었고, 백상원과 하진을 어떻게 사래도와 연결시킬 것인가? 백상원, 사래도, 고래시체더미에서 토하고 있던 하진을 일으켜 세웠던 사람. 유일하게 하진의 상태를 신경써 줬던 사람. 만났었지. 그래, 만났었다.*(첫 시퀀스 장면_하진의 꿈으로 시작해도 될 듯)

- *왜 가는가? 팀원들은 돈 때문에 간다. 백상원이 평생 모았던 돈을 팀원들에게 나눠주고 그들을 고용한다. '거기 가면 엄청난 돈을 벌 수 있다!' 자신은 고래를 죽이고, 너희는 그 고래를 죽인 뒤 라바를 얻으면 된다. 각자의 능력을 지닌 사람들. 그들은 그냥 미친 사람들일 뿐이다. 텐진은 돈보다 고래를 죽이는 데 의의를 두는 사람이다. 하진은 가기 싫어하다가 백상원에게 반해 그곳에 가게 된다. 엄마 같은 느낌이 나서? 백상원에게 하진은 폭력적인 아버지 같으면서 편한 어머니와도 같은 존재다. 그래서 이 사람을 믿고 따라가게 된다.*

- *어떻게 가게 되는가? 자갈치 시장 골목에서 하진을 구해 주는 백상원. 어째서? 무엇때문에 가게 되는가? 하진의 입장_ 자신의 아팠던 과거를 알고 있는 유일한 사람이 백상원이다. 그리고 그 암흑 같았던 과거에서 유일하게 빛이 되어 줬던 사람이다. 하지만*

추측에 불과하다.

• 고래를 죽이면서 인간들의 광기를 보여 준다. 쓸모없는 인간들의 헛된 광기가 얼마나 허무한지. 하지만 그들 각자의 입장에서 보면 얼마나 큰일이고, 대단한 것인지 알 수 있다. 얼마나 의미 있는 죽음인지……. 죽음을 두려워 하지는 않는다. 단지, 고래에 대한 경외감을 느낄 수만 있다면 어떠한 것도 받아들인다는 것이다.

• 고래의 존재에 대한 설명. 이 세계가 어떻게 변했는지에 대한 설명이 필요하다(무너져 내리는 부산 전경, 화산이 터지고 지구가 이상해진다). 그냥 하진의 트라우마 장소인 사례도에 대해 말하자. 사람들은 고래를 왜 죽이려고 하는가? 고래를 죽임으로써 그들의 능력을 인정받을 수 있어서? 고래를 죽여서 그들이 진정으로 얻는 것은 무엇일까? 고래는 어떻게 생겨난 것인가? 정말 원념덩어리로 생겨난 걸까? 아니면 환경을 파괴한 인간의 실수로 생겨난 것인가? 인간이 빚어낸 괴물인가? 인간의 광기가 빚어낸 결과물인가? 고래는 어떻게 성장해 온 것인가? 화산 속에서 그냥 성장해 왔나?
누군가 괴물의 서식지에 침입하면 괴물은 그것들을 죽인다. 처음에는 안 죽였을지 몰라도 나중에는 그것들이 공격을 하면서 죽이게 된다.

• 이 세계관에서 고래는 어떠한 대접을 받을 것인가? 토착민들에게는 신성시되는 존재. 다른 사람들에게는 환영받지 못하는 존재. 하나의 생명체로서 인간들에게 인정을 받지 못한다. 낯선 것에 대한 강한 부정과 두려움을 느끼는 인간들. 인간들의 광기에의해 만들어졌지만 결국 인간들에게 버림당하는, 어찌 보면 불쌍하고 슬픈 존재. 태어나지 말았어야 할 존재. 왜 사람들은 고래를 잡으려고 할까? 라바는 어떠한 것인가? 그냥 괴물과는 별개로 부수적인 것, 라바는 어떠한 기능을 하는가? 에너지원으로서의 기능

보다 사람을 끌어당기는 질 좋은 보석? 고래와 라바의 관계는 어떻게 되는 것인가? 괴물도 사람들과 똑같이 라바라는 보석을 좋아하는 것뿐. 라바는 일반적인 존재인가? 그렇다면 화산섬마다 고래와 함께 존재하는 것인가? 라바는 그냥 일반적인 존재이다. 그리고 어느 화산섬에나 존재한다. 하지만 화산괴물은 이 화산섬에만 존재한다. 그리고 화산괴물도 라바를 인간들처럼 처음 발견했을지 모른다.

• *고래와 하진의 감정 교차는 어떤 식으로? 고래는 하진에게 트라우마가 되는 하진을 약하게 만드는 악의 존재이면서 하진의 유년시절을 밝게 만들어 준 존재이다. 그런 존재와 마주섰을 때 만감이 교차한다. 백상원과 고래의 감정교차와 둘의 악연은? 백상원은 하진에게 일을 제안하러 갈 때, 어떤 마음이었을까? 그리고 처음의 감정과 이후의 감정은 어떻게 변화되어가는가? 하진은 백상원에게 무엇을 바라고, 무엇을 보게 되는가? 백상원이 나중에 미치게 되는 이유는?*

매순간 스스로에게 질문하고 채찍질하려 애썼고 그만큼 노력했다고 생각한다. 아직은 부족한 부분도 많고 형편없는 글일지 모르지만 그렇게 스물다섯 살 평생 처음 써보는 장편 시나리오는 어느 정도 모습을 갖춰 가기 시작했다.

045

046

화산고래가 헤엄친다

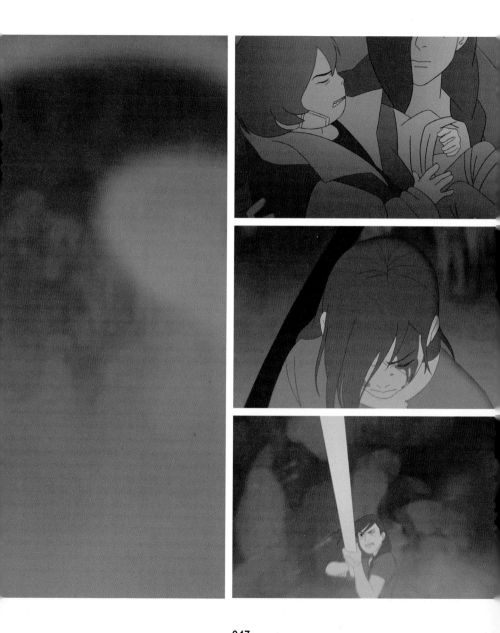

프리 프로덕션

화산고래가 헤엄친다

049

프리 프로덕션

050

화산고래가 헤엄친다

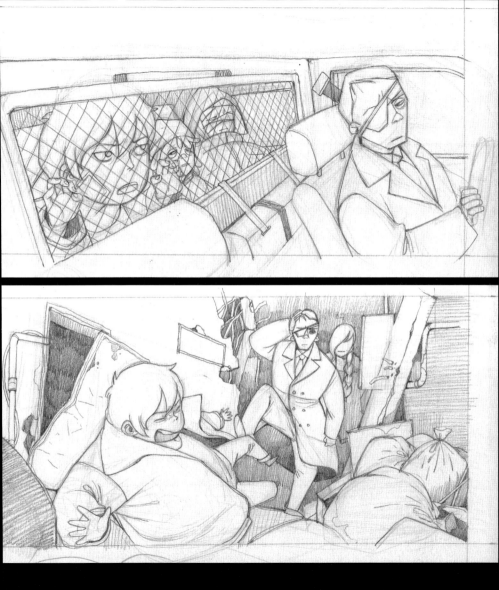

051

화산고래, 우리는 이렇게 보았다

김은진 (조연출)

막막했다. 이야기의 배경이 붕괴된 부산과 바다, 화산섬인데 그곳에 필요한 바닷물이나 용암, 고래의 움직임에 따른 용암을 만들 만한 기술력이 부족했기 때문이다. 게다가 용암같이 무게감 있는 소재는 자연스레 프레임 수가 많아야 했기 때문에 2D 애니메이션으로 만들기엔 비합리적이었다. 또 가본 적 없는 세계를 진짜같이 만들어 내기 위한 디테일한 구상이 어렵게 느껴졌다. 붕괴된 부산은 단순히 무너진 부산이 아니다. 그에 따른 사람들의 인식과 생활의 변화, 즉 일종의 생태적인 변화를 상상해야 했고 팀원들 모두 20대였기 때문에 상상해 낼 수 있는 폭에 한계가 있었다. 대체로 우리가 가진 기술력과 지식의 한계가 먼저 느껴졌다.

순수하게 시나리오를 읽었을 때의 첫 느낌은 하진이라는 캐릭터가 감독 자신을 닮았다는 것이다. 흔히 작업물은 작업자를 닮는다고 한다. 그런 의미에서 이야기의 중심인 하진이는 짧은 기간이나마 옆에서 지켜봤던 혜미의 모습을 그대로 간직하고 있었다. 그래서 이 캐릭터의 사소한 행동과 반응이 좀 더 흥미로웠다. 또 '화산에 사는 고래'라는 강렬한 이미지를 가진 괴물이 혜미의 어디에서 나왔는지 신기했다.

민지현 (원동화)

나는 〈화산고래〉를 시나리오가 아닌 스토리보드로 처음 읽었다. 감독님이 자신의 이야기를 하기로 결심하고 배경을 부산으로 잡았다고 했다. 내 고향도 부산이다 보니 그곳에서 펼쳐지는 이야기가 모두 익숙하고 정감이 넘쳤다.

상업영화나 애니메이션에 나오는 캐릭터들은 뻔한 콘셉트의 캐릭터들이 많다. 누구에게나 익숙한 캐릭터를 만들어야 관객들이 자신의 이야기로 받아들이기 쉽기 때문이다. 자신의 테두리에 있는 이야기가 나올 때, 더 많은 공감을 불러일으키고, 더 많이 가슴에 와 닿는다. 〈화산고래〉가 바로 그랬다. 반항, 방황, 동행, 욕심, 사랑하는 사람을 잃은 분노, 두려움과 기대와 실망. 내가 가지고 있는 속성들이 화산고래 캐릭터 안에 모두 들어 있었다. 여러 가지 성격을 지닌 캐릭터들이 나오지만, 결국 모두 내 모습이었다. 목적을 분명히 할 때의 내 모습, 싫어하는 건 안 하려고 반항하는 내 모습, 욕심 부릴 때의 내 모습, 누군가에게 의지했을 때의 내 모습과 그것에 실망했을 때의 내 모습. 결국 그것은 우리들의 모습이었다. 거기다 배경까지 내 홈그라운드이니, 마냥 익숙하기만 하면 식상할 법도 한데 부산을 배경으로 멋진 디스토피아를 만들어 놓았다니! 이건 너무 매력적이다. 처음 봤을 때부터 '이거 정말 하고 싶다'는 느낌이 들었다.

스토리도 마음에 들었다. 소재의 독창성 때문인지 모든 게 신선하게 다가왔다. 각 파트 모두 그렇겠지만, 원동화만 한다고 해서 스토리와 상관없이 원동화만 잘하면 되는 건 아니다. 특히 캐릭터에 공감하고 감정이입이 되어야 캐릭터를 정확히 파악할 수 있다. 그래야 성격에 맞는 액션, 리액션을 잡을 수 있다. 그런 의미에서 스토리 전체 맥락을 파악하는 것은 작업을 할 때 기본이라고 생각한다. 잠시 애만 봐주는 베이비시터가 아니라면, 내 작품이라 생각하고 대해야 내가 맡은 파트의 작업도 제대로 된 품질이 나온다. 성실도는 작품에 대한 애착이 높을수록, 작품에 대한 애착은 스토리가 재미있을수록 커진다.

이소라(배경)

시나리오는 흥미를 유발할 수 있다고 느꼈지만 스케일이 너무 컸다. 이걸 어떻게 만드나 싶었다. SF적인 지식이 많은 것도 아니고 황폐화된 부산, 배, 동굴. 뭣 하나 익숙한 것이 없었다. 작업하기 쉽지 않을 것 같았다. 하지만 어찌됐든 함께 하기로 결정은 났고 일단 나를 믿어보기로 했다. 모르는 건 배워서라도 하자는 마음으로 스스로에게 기합을 넣었다.

고아라(배경)

〈화산고래〉는 SF다. 평소 SF에 관심이 없었던 터라 좀 당황스러웠다. 오히려 나는 시나리오보다 감독이 따로 건네준 '화산고래'의 세계관을 보고 재미를 느꼈다. 나름대로 독특하게 풀어 나가는 세계관이 어디에서도 볼 수 없는 것이었다. 콘셉트 아트팀에게 굉장히 의욕을 주는 자료였다. 다른 사람의 이야기를 내 방식대로 디자인하고 그린다는 것도 즐거웠다. 어려운 문제는 함께 헤쳐 나가면 된다고 생각했고, 일단 감독에 대한 믿음이 강했다.

고래를 잡기 위한 출항준비

박혜미(감독)

시나리오가 정리되어 갈 무렵이 되자 비로소 아트워크에 대해 생각해 볼 여유가 생겼다. 원래 글보다 그림에 익숙했기 때문에 자료를 모으면서, 시나리오를 쓸 때 느끼지 못했던 즐거움을 마음껏 느낄 수 있었다. 이제 본격적으로 함께 일할 스태프를 구해야 했다. 프로듀서는 업체와의 작업을 권했지만 나는 커뮤니케이션이 원활하고 센스 있는 내 또래 친구가 절실했다(마냥 즐거울 것이라 생각했던 선택이 나에게는 크나큰 약이자 독이 될 줄 몰랐다. 그렇다고 해서 업체를 선택할 생각은 전혀 없었다).

함께 작업하기로 했던 조연출 친구는 당시 졸업 작품 마무리를 하고 있을 때라 프리 프로덕션에 참여하기 어려웠다. 결국 자주 가던 카페에 공고를 올렸고 포트폴리오를 받기 시작했다. 평소 온라인상에서 마음에 들어 하던 그림쟁이들의 홈페이지를 찾아보기도 했다. 마침 스타일이 맞는 한 친구의 홈페이지를 찾았고 연락을 취했다. 그밖에 메일을 통해서도 괜찮은 그림체를 지닌 친구를 만났다. 두 친구 모두 그림 스타일이 그로테스크하고 세련된 느낌이었다.

첫 만남은 굉장히 즐거웠다. 나이도 한두 살 차이밖에 나지 않고, 좋아하는 것도 비슷했다. 새로운 사람을 만났다는 것 자체로 굉장히 들떠 있었다. 두 사람과 함께 하는 콘셉트 작업이 너무 재미있을 것 같아 흥분했다. 배경 작업을 위해서는 한 명의 인원이 더 필요했다. 배경하는 친구가 주변에 컬러감이 좋은 친구를 소개해 주겠다고 했다. 그때까지도 컬러감이 좋은 그 친구가 메인까지 나와 제일 오래 일할 거라고는 예상하지 못했다. 왜냐하면 그림 스타일이 나와 달랐기 때문이다. 그냥 내게 적당히 맞춰 주면서 정형화된 그림만 그리겠지, 라는 생각이 앞섰다. 그 친구도 애니메이션 전공이 아니었기에 세 달간의 콘셉트 작업만 하고 적당히 마무리를 지을 거라고 생각했던 것 같다.

실제로 이 친구는 작업을 시작한 지 2주 만에 콘셉트 작업을 하면서 자신의 역할에 대해 의문이 들었다며 그만두겠다고 말했다. 그때의 대화가 오래 호흡을 맞추면서 일하는 데 큰 영향을 미치지 않았나 생각한다.

그날도 평소와 똑같이 출근해서 서로 시나리오에 맞는 자료들을 수집하고 간단한 아침 회의를 한 뒤 스케치들을 하고 있었다. 그런데 마침 아라(배경)가 내게 면담 신청을 해왔다. 그냥 제안하고 싶은 게 있나 싶어 따로 카페에 갔다. 커피를 시켜 놓고 앉아 있는데 뭔가 말을 꺼내기 망설이는 폼이 심상치 않아 보였다. 친구는 어렵사리 말을 꺼냈다.

"다른 게 아니라 내가 이 〈화산고래〉 콘셉트 아트 작업을 하는 데 별로 도움이 되지 않는 것 같아 고민을 많이 했어요. 2주 정도 작업하는 내내 사실 감독님은 마음에 든다고 했지만 저는 계속 만족할 만한 그림을 그린 기억이 없거든요. 그래서 내가 이 팀에 있는 게 맞나 싶어요."

아차 싶었다. 나는 그들을 그냥 내 머릿속 이미지를 옮겨 주는 사람 정도로 생각하고 있었던 건지도 몰랐다. 피가 차갑게 식었다. 어떻게 하면 이미지를 멋지게 뽑아낼까만 생각했지, 그들이 자신의 작업에 만족하고 있는지에 대해서는 조금도 신경 쓰지 않았던 것이다. 내 잘못된 태도와 작업방식에 대해 아라가 먼저 자신의 고민을 빌려 언급해 준 것이다. 그날 아라와 나는 서로에 대해 솔직히 얘기를 나누고 만족할 만한 작품을 함께 만들어가자는 방향으로 이야기를 맞췄다. 처음으로 장편 감독을 해본 나는 이날 아라와 얘기한 방식으로 각 스태프들과 따로 혹은 다 같이 여러 가지 어려움을 풀어 나가거나 맞추어 나갔다. 평생 마실 술을 이때 다 마셨던 것 같다.

프리 프로덕션 단계가 지나고 본격적인 메인 작업을 할 때는 마음에 맞는 사람들이 더 많이 들어왔다. 평소 알고 지내던 조연출 친구가 드디어 졸업 작품을 끝내고 1월에 우리 팀에 합류하게 되었다. 대학 입시 때부터 알고 지내던 친구로 주변 사람 중 유일하게 애니메이션을 꾸준히 하고 있었다. 한참 졸업 작품 마무리를 하고 있을 때 치킨을 먹으면서 스트레스를 풀었던 기억이 생생하다. 조연출 친구는 자신의 졸작 때문에 힘든 이야기를 털어놓았고, 나는 작업이 끝나면 우리 팀에서 같이 일하자고 제안했다.

1월에는 배경팀의 한 친구가 나가면서 새로운 사람이 들어왔다. 훗날 배경팀의 정신적 지주가 된 이소라 언니다. 처음 면접을 봤을 때는 너무 힘이 없어 보여 작업하는 데 힘들지 않을까 걱정했는데 지금은 우리 팀에서 제일 건강하게 일하고 있다. 심지어 남자 팀원들보다 훨씬 건강하다. 3월에는 레이아웃 체크를 위해 최수명 씨가 들어왔다. 5월에는 동화를 위해 막내 정재호와 원동화를 담당할 민지현 언니가 들어왔다. 시원한 5월, 모두 모였을 때 나는 정말 행복했고 즐거웠다.

민지현 (원동화)

메인단계 초기에 팀에 합류했다. 아카데미에서의 스태프 생활은 대학 생활과 비슷했다. 사람들도 작업을 하다가 뭐 하나 재미있는 것을 발견하면, 다 함께 깔깔거리고 수다를 떨곤 했다. 전체적으로 굉장히 자유로운 분위기라서 사회생활이 시작됐다고 생각하고 들어온 나로서는 조금 놀라웠다. 레이아웃 체크 담당인 수명 씨를 제외하곤 나보다 모두 나이가 어렸는데 모두 거리낌 없고 허물도 없었다. 우리 모두 사회 초년생인 탓일까. 말 그대로 대학 때 친구 사귀듯, 대학 때 공동 작업을 하듯, 그렇게 동고동락했다. 바쁠 때는 주말도 없이 새벽까지 엄청난 작업량을 소화해야 했지만 쉽게 지치지 않았다. 어려운 가운데서도 신나게 모든 일정을 마무리할 수 있었던 건 모두 '사람' 덕분이다.

김은진(조연출)

우린 처음 봤을 때부터 꽤 잘 지냈다. 특히 먹는 것에 무섭도록 *끈끈하게* 단합했다. 이 점이 우리가 여태껏 별 문제없이 지내온 원동력이 아닌가 생각한다. 식탁에 가족이 둘러앉아 그날의 일들을 얘기하고 젓가락을 스치며 미묘한 서로의 감정을 교류하듯, 우리가 별 생각 없이 함께 했던 식사들이 우정을 다지는 중요한 역할을 했던 것 같다. 홍콩 느와르 영화의 복수 신에도 의뢰자와 청부살인업체가 함께 밥을 먹으면서, 단순히 갑을 관계를 뛰어넘어 연대를 하는 것처럼 말이다. 그래서 우리의 식사시간은 항상 와자지껄했다. 언제나 열정적으로 메뉴를 골랐다. 우리가 작업해왔던 시간들을 회상할 때 먹은 기억이 제일 많이 남는다. 만일 단합을 못했다면, 함께 식사를 했던 기억이 그렇게 즐거운 기억으로 남아 있을까 싶다.

　작업 초기에는 모든 게 혼란스러웠기 때문에 시간과 노동력이 비효율적으로 소모되곤 했다. 파트별로 힘든 부분이 많았고 작업이 원활하지 못했다. 해결책이 절실했다. 그때 보류해 왔던 여러 선택들을 하나둘 결정하면서 처음이자 마지막일 수 있는 우리만의 공정이 만들어졌다. 서로 모르는 것에 대해 스스럼없이 자세를 낮추고 물어보기도 했다. 배우려는 노력이 많았다. 때문에 주어진 예산과 시간에비해 더 나은 결과물을 만들어 낼 수 있었다. 뒤처진 작업 스케줄과 분량도 빨리 극복할 수 있었다. 나 또한 이를 계기로 여러 가지 일을 시도해 볼 수 있어(스토리보드, 레이아웃, 원동화, 배경 라이팅, 합성, FX까지) 좋았다. 마치 그라운드를 종횡무진 누비는 리베라가 된 느낌이었다. 팀의 윤활유 역할을 할 수 있다는 것은 정말 기분 좋은 일이다.

이소라(배경)

애니메이션은 처음이었다. 물리적인 프로세스에 대한 이해 부족으로 처음엔 어려움을 겪기도 했지만 팀원들이 많이 도와줘서 즐겁게 작업할 수 있었다. 매 순간 서로 소통하려고 노력했고, 그 과정에서 정말 많은 것을 배웠다.

고아라 (배경)

휴학 후 느긋하게 여유를 즐기고 있을 무렵 전화 한 통이 걸려 왔다. 잠결에 받았던 전화 한 통이 고래를 접하게 된 계기였다. 평소 애니메이션 제작에 관심이 없었고, 애니메이션을 제작하게 될 거라고는 꿈에도 상상하지 못했다. 주변 애니메이션 전공 친구들이 좋은 에너지를 가지고 시작했다가 시간이 지날수록 피폐해져 가는 과정을 가까이에서 지켜보았기 때문이다. 어느새 '애니메이션은 제작보다 감상이 좋다'는 생각이 강력하게 머릿속에 자리를 잡아가고 있었다. 그래서 친구의 면접 제의가 그다지 달갑지 않았다. 무엇보다 다시 잠들고 싶다는 원초적인 욕망이 컸다. 그런데 친구의 끈질긴 설득과 경험을 쌓아서 나쁠 것 없다는 안일한 마음이 뒤섞여 결국 면접을 보게 되었다. 반신반의하며 포트폴리오를 보내고 감독님을 만났다. 본격적으로 문제의 고래와 조우하게 되었다.

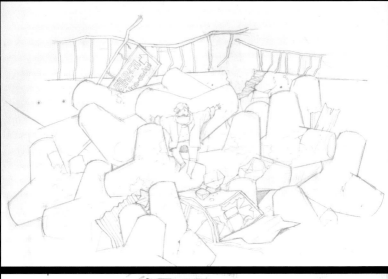

060

화산고래가 헤엄친다

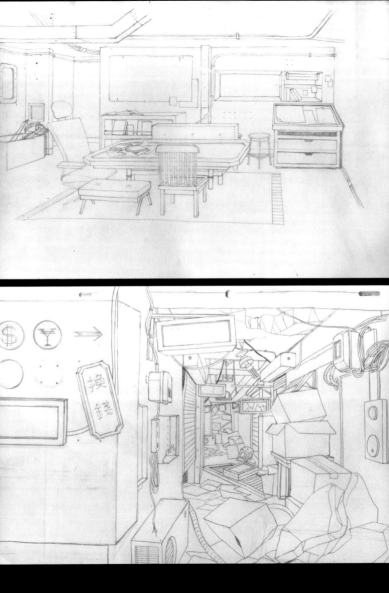

가장 익숙한 곳에서 가장 낯선 곳을 찾다

로케이션 헌팅

박혜미(감독)

자, 고래 잡으러 부산으로 가자!

부산 사람인 나를 제외하고 나머지 친구들은 바다를 제대로 본 적이 없다고 했다. 전체적인 이야기가 바닷가 근처에서 펼쳐지기 때문에 먼저 바다를 보여 주고 싶었다. 바다의 그 황량하고 거칠지만 따뜻한 느낌을 느끼게 해주고 싶었다. 그래서 숙소도 해운대가 아니라 남포동으로 잡았다. 남포동은 현재 많이 발전이 되었지만 여전히 부산의 옛 느낌을 간직하고 있다. 거기다 구조적으로 특이한 곳이 많기 때문에 돌아보기 적절하다고 생각했다.

주인공인 '하진'이 돌아다니는 부산의 공간들은 중학교 시절 내가 다니던 남포동 산복도로 근처의 분위기를 그대로 가져왔다. 내 어린 시절 추억을 훑는 로케이션 헌팅은 정말 즐거운 작업이었다. 내가 나고 자란 동네 분위기를 스태프들에게 보여 주었다. 이곳을 배경으로 애니메이션을 제작한다는 생각에 가슴이 들떴다. 내가 알고 있는 바닷가 작은 동네의 디테일을 모두 보여 주고 싶었다. 그래서 스케줄을 좀 빡빡하게 잡았다. 후에 배경팀 아라가 너무 힘들었다고 고백했지만 나는 알찬 시간을 보냈다는 생각에 후회가 없다.

백상원과 하진이 처음 조우하는 장소도 나만이 알고 있는 독특한 공간이다. 지하도시 같은 분위기의 특이한 구조물인데 다리 아래에 동네가 있고 집들의 색이 화려한 편이라 굉장히 독특하다. 어르신들이 주로 거주하고 계셔서 동네가

조용하고, 다리 아래에 있지만 햇빛이 잘 들어와 공간 연출을 하기에 적격이었다. 그 다음 날 해운대 방파제가 있는 곳을 들렀는데 마침 날씨가 안 좋아 비가 세차게 내리고 물안개가 가득했다. 디스토피아가 되어 버린 우리 애니메이션의 세계관과 매우 흡사한 풍경이었다. 우리는 우비를 입고 열심히 사진을 찍어댔다. 2박 3일 동안 하루 종일 부산의 이곳저곳을 구경했고 잠들기 전 함께 아이디어를 나누었다. 스케줄은 힘들었지만 로케이션 헌팅을 계기로 비로소 스태프들이 좀 더 〈화산고래〉에 애정을 가지기 시작했다.

고아라(배경)

취재를 겸한 여행은 처음이었다. 들어온 지 얼마 안 되었을 때라 신기하기도 했다.

애니메이션 작업을 하는데도 로케이션 헌팅을 하는구나 싶었다. 그렇게 기차역에서 만나 출발한 2박 3일의 여행은 즐거우면서 역시나 체력적으로 힘든 스케줄이었다. 첫날 산복도로 달동네를 돌아다닐 때가 제일 힘들었는데, 햇빛은 안 나지만 바닷가 특유의 습한 날씨 때문에 계속 땀이 흥건해졌다.

그래도 감독님이 원하는 배경의 느낌과 시나리오의 느낌을 어느 정도 느낄수 있어 아주 긍정적인 시간이었다. 보수동 책방거리 곳곳을 거니는데 왠지 이국적인 느낌이 들었다. 부산이라 사투리도 강해서 사람들이 하는 말이 외국어처럼 들리고 파스텔 톤 집들이 마냥 신기했다. 우리는 그 특징을 살려 배경 콘셉트를 짤때도 화사한 색을 많이 쓰기로 했다.

가장 신기했던 부분은 공간들이 독특하게 구성되어 10미터 이내에 있는데도 서로 못 보는 공간들이 많다는 것이다. 아, 이런 곳이 바로 하진이 사는 동네구나, 금세 느낄 수 있었다.

배경 콘셉트

고아라(배경)

우주선 배경 콘셉트를 진행하면서 자잘한 지식이 많이 늘었다. 특히 평소 관심을 갖지 않았던 SF에 흥미를 갖기 시작했다. SF 관련 다큐멘터리와 콘셉트 아트워크들을 많이 챙겨 봤다. 배경팀은 점점 검색의 제왕이 되어 갔다.

자료조사를 하면서 제일 재미있게 본 것은 리들리 스코트 감독의 〈프로메테우스〉다. 우주선 '프로메테우스 호'의 설계 과정이 메이킹 필름에 굉장히 디테일하게 나오는데 꽤 신선하게 다가왔다. 배를 디자인할 때는 공개되어 있는 군함 자료가 별로 없고 최신식 군함 디자인을 볼 수 없어 SF 영화에 등장하는 미래 공간을 많이 참고했다. 〈프로메테우스〉뿐 아니라 〈마이너리티 리포트〉, 〈트론〉, 〈스타워즈〉 등도 모두 좋은 참고자료였다. 우주선 내부의 공간, 조명이나 복도의 구조를 새롭게 설계하고, 지도를 액정으로 바꾸었다. 공간을 통해 캐릭터들의 성격이 잘 드러날 수 있도록 백상원의 방, 이안의 방 등을 개성 있게 꾸몄다. 필리핀 해적들의 해적선은 특히 흥미를 가지고 설정했던 공간이다. 감독인 혜미가 아주 개성적인 공간을 원했기 때문에 그들의 캐릭터가 훤히 보이도록 디자인했다.

자갈치시장 초기 설정 단계부터 문제가 있었다. 자갈치시장이 붕괴했다는 설정에 너무 치중한 나머지 미래적인 설정에 신경을 못 썼다. 최대한 심플한 디자인과 조명에 중점을 두기로 했다. 원래는 〈마이너리티 리포트〉처럼 전체 벽을 휘감는 스크린 광고나 홀로그램 같은 것들을 쓰고 싶었지만 제작비와 스케줄의 한계 때문에 포기하게 되어 너무 아쉬웠다.

하진 아지트 소년 같은 외모와 달리 하진의 아지트는 전체적으로 파스텔 톤으로 꾸미기로 했다. 기본 색감인 삭막한 그레이와 대조되는 하진의 감추어진 여성성을 표현하고 싶었다.

선장실 초기 디자인 때는 벽보 작업이 안 되어 있었다. 벽보는 고래에 대한 백상원의 집착을 보여줄 수 있는 설정이라고 생각했다.

동굴 초기 디자인을 할 때는 일반 화산섬을 모델로 이미지를 잡아서 관광지 느낌이 강하다는 지적이 있었다. 좀 더 자연적인 설정이 필요하다는 감독의 의견에 따라 유황동굴이라는 콘셉트를 잡아 기존 동굴들과는 다른 공간을 만들었다. 유황이라는 아이템을 찾았을 때 굉장히 기뻤다. 색다른 동굴의 콘셉트를 잡을 수 있을 것같았다. 색깔도 나름 예쁘게 잡을 수 있었다. 초기의 동굴은 마냥 칙칙하고 그냥 관광 동굴 같았지만, 점점 느낌 있는 동굴로 변했다.

박혜미(감독)

배경은 시나리오 구성에 따라 크게 부산, 배, 화산섬으로 나뉘어졌다. 나는 시나리오를 쓰면서 모아 뒀던 자료들과 사진들을 배경팀과 공유했다. 함께 화산섬 다큐멘터리나 디스토피아적인 세계관을 지닌 영화를 보면서 〈화산고래〉의 전체적인 색감과 그림 스타일을 잡아가기 시작했다. 담당 애니메이터를 섭외해야 할 시간. 단순한 그림체를 지닌 명현이라는 친구에게 함께 일하자고 제안했다. 하지만 결과물만 놓고 판단했을 때 좀 더 디테일하고 정교한 아라의 그림체가 우리 영화와 잘 맞았다. 2막에서 배를 만들어 낼 때는 공간의 훅업을 맞추기 위해 간단한 배 모델링이 필요했다. 나는 건축과에 다니는 친동생에게 연락해 SOS를 청했다. 전체적인 공간 구조물 디자인은 내가 직접 진행했는데 대체로 실제 건축물들을 참고해 디자인했다. 콘셉트 작업을 한 뒤 전체적으로 배경을 통합하는 작업이 필요했다.

캐릭터 디자인

박혜미(감독)

독특한 분위기의 캐릭터들을 원했다. 그래서 캐릭터 디자인하는 친구를 섭외할 때 포트폴리오 중 가장 느낌이 기괴한 친구를 골랐다. 해현 씨의 특징은 쉼 없이 그림을 그린다는 것. 그리고 또 하나 다양한 스타일의 그림체를 구사할 수 있다는 것이다. 원래 그림체는 귀여운 스타일인데 워낙 그림을 잘 그려 가끔 깜짝 놀랄 만한 캐릭터들을 만들어 내곤 했다. 아직도 버려진 캐릭터들을 생각하면 아쉬움이 많이 남는다. 나는 인류 멸망에 가까운 도시에서 살아가는 인물들의 생김새가 좀 더 그로테스크하기를 원했다. 그래서 캐릭터들이 어둡고 익살스런 느낌을 풍기기를 요구했는데, 팀원들에게 참고 자료로 보여줬던 캐릭터는 〈벨빌의 세 쌍둥이〉다. 다양한 체구, 익살스런 외모에서 풍기는 기괴함이 좋았다. 그래서 자료를 찾을 때도 일부러 기형아들의 사진을 많이 참고했다. 서양화 하는 친한 동생이 추천해준작가들의 스타일을 참고하기도 했다.

조연들은 전적으로 캐릭터 디자인하는 친구의 스타일을 따랐다. 단, 주연은 함께 디자인하는 것을 원칙으로 했다. 이미 시나리오를 쓸 때부터 생각해 둔 이미지들이 있었기 때문이다. 일단 캐릭터의 특징을 살린 이미지를 내가 먼저 넘기면 해현 씨가 받아서 정교하게 디자인하는 시스템이었다. 주인공 하진의 경우는 픽스하기까지 정말 많은 시간이 걸렸다. 사람들이 봤을 때는 다 같은 그림일지 몰라도 미묘하게 다른 느낌이 들었다. 그래서 선택을 하는 데 애를 많이 먹었다. 무엇보다 주인공 캐릭터가 너무 독특하면 안 된다는 것이 내 기본 원칙이었다. 관객들이 감정을 이입하는 데 방해가 되기 때문에 주인공은 좀 더 평범해야 한다는 강박관념이 있었다. 한 번 두 번, 똑같은 그림을 여러 번 그리고 나서 최종 캐릭터를 결정했다.

070

반면 백상원, 이재형, 텐진 캐릭터는 금세 나왔다.

"백상원 캐릭터는 좀 더 눈빛이 강했으면 좋을 듯, 하진 등신을 조금 줄이고 옷은 어른 옷을 주워 입은 느낌. 소매 부분을 돌돌 말아 입으면 좋을 듯."

이런 메모를 붙여 해현 씨에게 스케치와 함께 전달했다. 도저히 작업이 진행되지 않는다 싶을 때는 둘이서 카페에 앉아 자료들을 펼쳐 놓고 스케치를 하는 경우도 있었다. 배경팀은 두 명이었기에 괜찮았지만 캐릭터 디자인은 해현 씨 혼자 담당해야 했기에 내가 함께 해야 할 일이 많았다. 같이 얘기를 나누면서 그림을 맞춰가는 일은 즐거운 작업이었다. 캐릭터의 역사와 습관들을 파악하며 의상과 소품을 만들었다.

캐릭터 디자인 하는 친구와 작업할 때는 조심해야 할 부분이 있었다. 워낙 하루에 많은 그림을 그리다 보니 그 중 마음에 드는 것만 골라서 나에게 보여 주는 작업 스타일이었는데 그 친구가 버린 것 중 꼭 괜찮은 그림들이 있었다. 그래서 늘 캐릭터 디자인하는 친구가 퇴근하고 나면 버린 종이들을 뒤지는 게 내 중요한 일과가 되었다. 역시나 괜찮은 캐릭터들을 쓰레기통에서 발견하는 경우가 많았다. 그 중 하나가 부산 신에 나오는 양아치 캐릭터들이다.

첫 번째 추적

박혜미(감독)

스토리보드

15분 이상의 영상 콘티를 짠다는 것은 나에게 무척이나 어려운 일이다. 그동안 단편만 제작해 왔기 때문에 긴 이야기를 끌어가는 기술이 부족했다. 당시에는 함께 얘기를 나눌 만한 상대가 없어서 많은 영화를 찾아보며 혼자 고군분투했다. 이것은 외롭고 힘든 혼자만의 싸움이었다. 너무 힘들고 지치는 시간이었기에 다시 생각하고 싶지 않을 정도다.

장편 애니메이션 연출은 생각보다 훨씬 어려웠다. 한 컷의 영상만으로 여러 가지 정보 전달을 해야 하기 때문에 그만큼 디테일이 절실하고 센스도 필요하다.

SF는 아트워크 콘셉트가 미리 정해져야 작업을 진행할 수 있는데, 스케줄상 어쩔 수 없이 아트워크 설정과 스토리보드 작업을 동시에 진행했다. 이것은 큰 실수였고 영화에 치명타를 남겼다. 세계관을 관객에게 전달해야 하는 첫 시퀀스들이 나만 알아볼 수 있는 이미지의 나열로 끝났다.

이야기를 전달하는 데 급급한 나머지 설명적인 연출이 많았다. 수업 때마다 쓴소리를 많이 들었다. 가장 연출력이 취약했던 부분은 3막이다. 괴수를 표현하는 것도, 액션을 연출하는 것도 부족했다. 본 건 많지만 내 방식대로 표현하는 방법을 몰랐기 때문이다. 이대로는 도저히 안 되겠다 싶어 영화 촬영 팀에서 일하는 고향 친구를 호출했다.

독립영화를 여러 편 찍었고 지금은 현장에서 일하고 있는 친구의 등장은 한 마디로 어둠 속에 빛을 안겨 주는 격이었다. 영화 전공이지만 애니메이션 콘티를 짜는 데 무리는 없었다. 단지 영화보다 컷들이 한정적이라서 아쉬운 부분이 많았지만 나름대로 1막과 2막의 콘티들을 잘 정리해 나갈 수 있었다. 3일 동안 모든 콘티들을 정리했다. 계속되는 심사 때문에 지쳐 가던 마음에 한줄기 희망이 보이기 시작했다.

릴영상

스토리보드들을 연결해 보기 시작했다. 1막은 신경도 많이 쓰고 정리도 여러 번 했기 때문에 나쁘지 않았지만 2막과 3막은 최악이었다. 전혀 연결되지 않는 컷들과 정리되지 않은 대사 때문에 머리가 아팠다. 엎친 데 덮친 격으로 거의 2주마다 심사를 해야 했다. 정리도 되지 않은 릴영상으로 심사를 받았다. 교수님들이 매주 다른 의견을 주셔서 혼란이 가중됐다. 릴 심사를 거치면서 스스로의 한계를 많이 느꼈다.

　　다섯 번째 심사가 잡혔을 때, 뭔가 새로운 돌파구가 필요하다는 생각이 들었다. 바로 이성강 교수님을 찾아갔다. 방식을 바꿔 각 교수님들을 찾아가 멘토링을 받아 보기로 했다. 그 결과 훨씬 좋은 이야기를 많이 들을 수 있었고 흐릿했던 정신이 바로 잡혔다. 추운 한파에 따귀라도 한 대 맞은 느낌이었다. 여태까지 이어져 온 시스템은 나와 맞지 않았고 바꿀 필요가 있었다. 그때 처음 깨달았다. 지금보다 훨씬 강해져야 한다는 것을. 정신 똑바로 차리고 매 순간 스스로의 결정을 믿으며 행동해야 한다는 것을 말이다.

S#	C	N	PICTURE	ACTION	SOUND	DIALOGUE
	04			신문을 밟고 지나가는 하진. 신문 글귀 '태평양 최악의 지진지대. 한반도, 중국의 구호활동'		V.O 하진 : 예취!!
	05		PAN	하진, 앞만 바라보고 천천히 걷는다. 가판대에는 화산에 관한 책들이 널브러져 있다.		
	06			골목 벽에는 '종말론'에 관한 포스터들이 다닥다닥 붙어있다.		
	07			골목에 있는 쓰레기통을 발로 차고 계단을 오르는 하진.	깡! (쓰레기통 차 는 소리)	
04	01			구멍에서 나와 계단으로 올라가는 하진.		
05	01			좁은 계단을 올라 문을 열고 들어가는 하진		

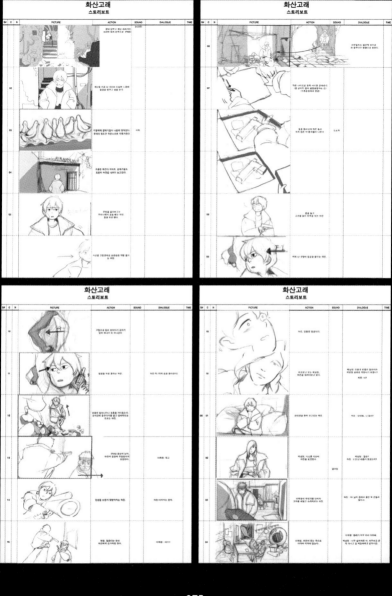

프리 프로덕션

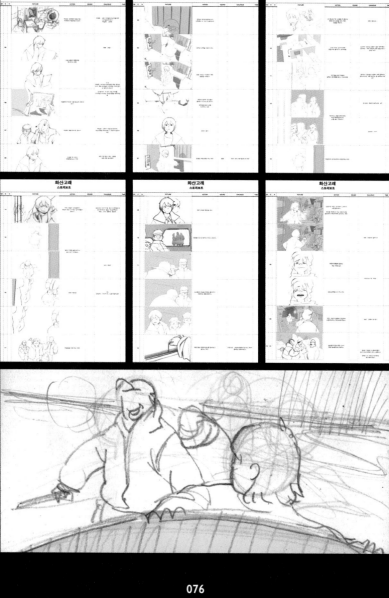

화산고래가 헤엄친다

프리 프로덕션

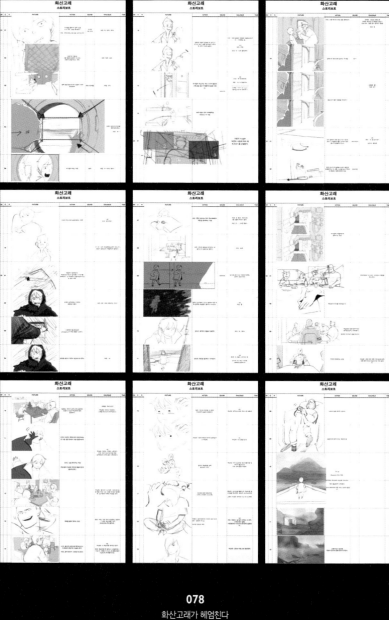

078

화산고래가 헤엄친다

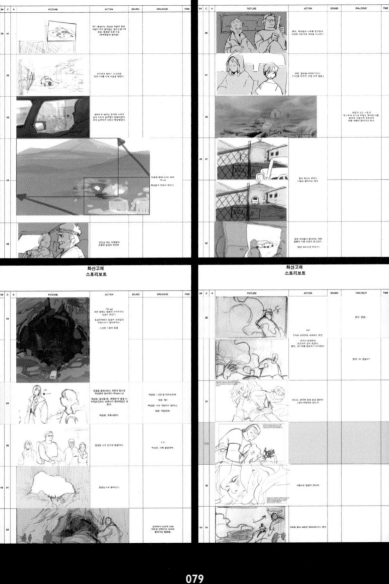

프로덕션

첫 작업부터 암초에 부딪히다

스토리보드, 레이아웃, 그 지독했던 겨울

박혜미(감독)

계속되는 릴영상 재심사와 단호하지 못한 성격 때문에 스태프들과 갈등이 많았다. 작업 진도는 한없이 더뎌졌다. 정신을 차렸을 때는 어느새 나 없이 진행된 레이아웃 컷들이 모두 쓸모없는 상황이 되어 있었다. 내부의 꼬였던 일들을 모두 정리하고 처음부터 다시 시작했다.

6명이었던 스태프들은 나를 포함해 4명으로 줄었고, 상암이라는 삭막한 건물에서 지옥 같은 스케줄을 감당했다. 먼저 컷과 상관없이 전체 스토리보드를 짜기 시작했다. 1막은 무난히 진행했고, 2막은 다수의 캐릭터들이 동시에 나왔기 때문에 대화하는 형식의 연출을 진행했다. 특히 '배'라는 제한된 공간을 지루하지 않게 연출하기 위해 애썼다. 다양한 앵글을 연구하고 공간 연출에도 신경을 썼다. 문제는 3막이었다. 나와 조연출 모두 액션 연출에 대한 지식이 별로 없었기 때문에 어찌해야 할지 몰랐다. 특히 시나리오에는 액션에 대해 간단한 설명 정도만 적어

놓아서더욱 막막했다. 이미 1, 2막을 연달아 밤샘 콘티 작업을 진행했던 터라 체력은 모두방전되어 있었다.

천천히 머리를 식힐 겸 온갖 애니메이션들을 챙겨 봤다. 〈에반게리온〉, 〈나루토〉, 〈짱구〉, 〈반지의 제왕〉, 〈그렌라간〉, 〈에스카플로네〉, 〈쿵푸 팬더〉등 정말 닥치는 대로 많은 애니메이션을 봤다. 멋진 신이 나오면 'F'를 눌러대며 프레임 단위로 잘게 쪼개 보기도 했다. 나쁘지 않았다. 머릿속이 뭔가 정리가 되는 느낌이었다. 대놓고 '오덕 놀이'를 할 수 있어 즐거웠다.

3일을 그렇게 보내고 난 뒤 한 신씩 장면을 잡아 나갔다. 액션은 흐름이 중요했기 때문에 우리가 직접 연기를 하고 괴성을 질러대며 콘티를 잡았다. 그렇게 연출을 하고 나면 금세 파김치가 되었다.

그때 우리 모습을 옆에서 지켜 본 배경팀 친구는 이렇게 말했다. "파티션 너머로 들리는 괴성과 엄청난 움직임들이 이상한 공포심을 자아냈다"고 말이다. 그렇게 스토리보드를 일단 뽑아냈다. 최종 컷은 1,200컷이었다. 이제 컷들을 800컷 정도로 줄여 나가는 과정이 필요했다. 내용 전달에 있어 큰 문제가 없는 컷들을 모두 쳐냈다. 시간을 두고 다시 보니 필요 없는 신들이 보였다. 쳐낼 부분은 과감히 쳐내고 기존 시나리오에 충실히 컷들을 맞춰 나갔다.

레이아웃은 인내심을 기르는 시간이었다. 나중에는 조금씩 재미를 찾아갔지만 초반에는 초기 레이아웃 팀이 해놓은 못 쓰는 컷들을 정리하며 화를 삭여야 했다. 정리를 마치고 나니 다시 작업을 해야겠다는 생각이 먼저 들었다.

레이아웃은 기본적으로 카메라의 앵글과 배경 구도, 캐릭터 사이즈를 자세히 담고 있어야 한다. 조연출과 나는 학원 강사 경력도 있고 둘 다 입시를 치렀던 터라 구도를 잡는 데 문제가 없었다. 잘 표현되지 않은 컷들은 함께 시연해 보거나 자료를 참고했다. 2막 배 안에서의 신들은 배 디자인에 맞춰 3D모델링한 것이 있어 크게 어렵지 않았다. 하지만 3D에서만 나오는 한정적인 구도 때문에 더 다양하게 연출을 해보지 못한 것은 지금 생각해도 정말 아쉬운 부분이다. 동굴은 자연물이라서 레이아웃을 짜는 데 별 어려움이 없었다. 릴영상 심사로 밀렸던 스케줄을 메꾸느라 급하게 진행한 레이아웃 때문에 지금도 아쉬운 부분이 너무 많다. 다음에 레이아웃을 다시 할 기회가 생긴다면 좀 더 멋지게 작업하고 싶다.

김은진(조연출)

〈화산고래〉 팀에 합류하고 난 뒤 가장 심각하다고 느꼈던 건 스토리가 아직 정해지지 않았다는 것이었다. 이야기가 완전히 정리되지 않으면 스토리보드나 레이아웃 진행은 꿈도 꿀 수 없다. 계속 제작회의를 진행하며 갈팡질팡하던 이야기를 정리하고 감독의 의도를 팀원들에게 강력하게 전달했다. 일주일간 수정 단계를 거치면서 스토리가 정립되고 나자 서둘러 스토리보드를 진행했다. 컷 수를 최대한 줄이면서 관객들에게 주어야 하는 정보들을 빠짐없이, 풍부하게 보여 주고 싶은 욕심이 있었다. 마음 같아서는 더 정교하게 작업하고 싶었지만 더 이상 스케줄을 미룰 수 없다는 것이 커다란 압박으로 다가왔다. 밥 먹을 시간이 따로 없어 입에 과자를 물고 직접 액션 신들을 연기했다. 머리에 쥐가 나도록 생각하고 또 생각했다. 필요하면 영화도 보고 애니메이션도 챙겨 봤다.

　스토리보드 작업이 끝나자 또 레이아웃 작업이 기다리고 있었다. 혜미와 나는 레이아웃에 대해 안심을 하고 있었다. 전에 있던 팀원이 1, 2막 레이아웃을 어느 정도 해두었기 때문이다. 그러나 레이아웃을 체크하기 위해 모니터 앞에 나란히 앉았을 때, 혜미와 나는 황당한 눈으로 서로를 바라볼 수밖에 없었다. 지금 있는 레이아웃은 도저히 쓸 수 없다는 판단이 들었기 때문이다. 모든 것을 새로 작업해야 한다는 생각에 이견은 없었다.

우리는 이전 레이아웃을 모두 버리고, 1막부터 다시 시작했다. 1막은 배경 작업이 되어 있어 그나마 순조롭게 이루어졌다. 배경이 스케치로 이루어져 수정이 용이했기에(이때 배경팀은 수정을 하느라 좀 힘들었을 것이다) 비교적 탄력적으로 작업할 수 있었다.

2막은 배경이 배 안이라 '스케치업' 툴을 이용했는데(아무래도 배 안의 구조가 생소하고 복잡해서 카메라 위치에 따라 달라지는 모습을 머리로만 판단하기엔 무리가 있다고 판단했다) 이 부분이 아주 잘못된 선택이었다.

1막(부산)과 3막(화산섬)은 3D모델링을 하기에 장소가 너무 광범위해서 로케이션 헌팅을 통해 자료를 얻었고, 특히 3막의 경우는 어느 배경보다 많은 사진자료와 상상력을 동원했다. 공간을 더 자유롭게 이용하고 싶은 마음이 컸다. 그런데 3D모델링으로 배경을 대체했던 2막은 카메라 렌즈에 따라 잡아낼 수 있는 공간이 달랐으며 원하는 만큼의 화면을 담아내거나 의도적인 왜곡을 하기 힘들었다. 또 만족스러운 카메라 세팅이 이루어지지 않았다. 그래서 2막을 진행할 땐 답답한 상자 안에 갇혀 있는 느낌이 강했다.

2막은 고립된 공간 안에서 재밌는 연출을 만들어 내야 한다는 것이 흥미로운 미션이었는데 스케치업 툴이 그 호기를 꺾어 버렸다. 작업에 대한 후회와 미련은 항상 있는 것이지만, 3D모델링을 참고자료로만 이용했으면 지금보다 훨씬 자유롭고 재미있는 레이아웃이 나오지 않았을까 후회가 되는 게 사실이다.

| 레이아웃 |

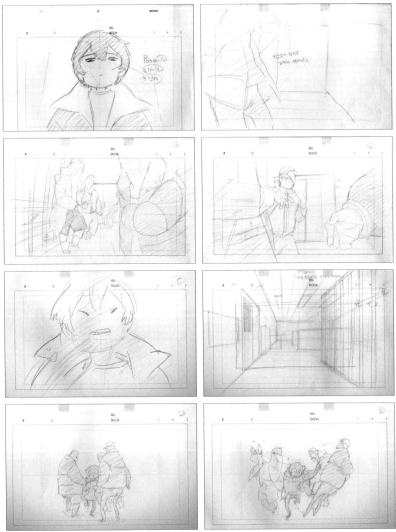

1막은 수작업으로 진행했다. 위 그림들은 레이아웃 체크 담당 최수명 씨가 연출 의도 대로 캐릭터의 키를 잡아 놓은 것이다.

2막은 모델링된 배를 캡처해 BG에 맞춰 레이아웃 키를 잡아 놓았다. 조연출과 감독이 함께 작업을 진행했다.

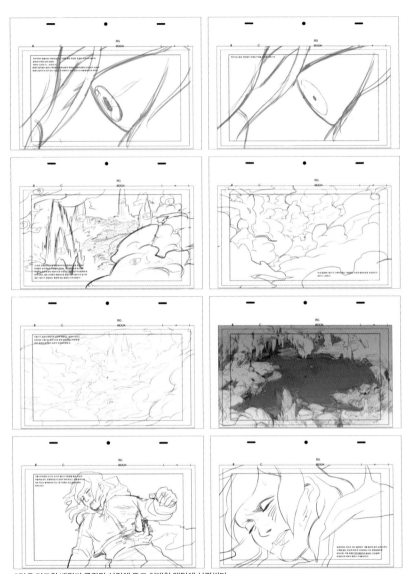

3막은 러프한 배경과 공간만 설정해 두고 최대한 액팅에 신경썼다.

087

| 배 모델링 |

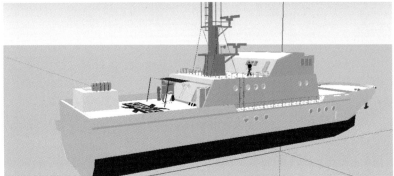

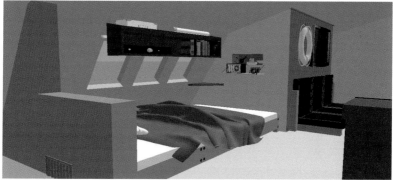

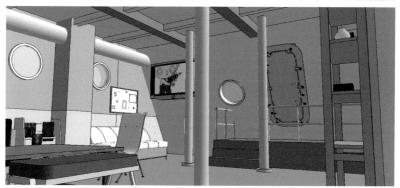

건축을 전공한 친동생의 도움을 받아 배를 모델링했다.

순풍에 돛단 두 번째 추적

박혜미(감독)

배경작업

배경팀은 총 세 명이었다. 하지만 한 명이 초반에 빠지면서 메인 작업 마무리까지 두 명이 모든 컷들을 진행했다. 그런데 두 명의 작업 방식과 스타일이 정반대였다. 아라는 굉장히 섬세하고 꼼꼼한 반면 소라 언니는 시원하고 스케일과 원근감을 잘 나타냈다. 아라의 그림이 퀄리티가 높았지만 그만큼 속도가 느렸고 소라 언니는 섬세하지 않았지만 속도감과 원근감 표현이 좋았다. 이런 특징을 고려해 서로의 역할을 나누었다. 그릴 게 많고 아기자기한 배경은 아라에게 넘기고 스케일과 원근감을 강조해야 하는 그림은 소라 언니에게 분배했다.

레이아웃 체크

내부에서 그린 레이아웃에 러프한 키와 시트를 작성해 줄 기성 애니메이터가 필요했다. 그렇게 해서 수명 씨와 만났다. 큰 키와 덩치에 비해 너무 섬세한 그림과 액팅을 잡아 주어 팀 내에서 그는 '전지전능한 수명 씨'로 불렸다. 그만큼 수명 씨는 그림을 잘 그렸다. 감독인 내 입장에서 수명 씨를 대하기는 어려운 부분이 많았다. 나이도 한참 어렸고 애니메이션에 대한 경험도 많이 부족했기 때문이다. 그런 이유 때문에 수명 씨에게 디렉팅을 하는 것도 조심스러웠다. 초반에는 수명 씨가 잡아 준 레이아웃 키들이 내가 생각했던 것 이상이었기 때문에 딱히 디렉팅할 것도 없었다. 하지만 점점 이야기가 진행되고 캐릭터들이 깊은 감정을 보여야 하는 부분에서는 약간의 디렉팅이 필요했다. 수명 씨는 의외로 내 말에 귀를 기울여 주었고 감독의 의견을 존중했다. 서로의 커뮤니케이션이 늘어 가면서 자연스레 스스럼없이 모르는 것들을 물어보게 되었다. 연출적인 것 이외에 업체와의 작업 방식은 수명 씨에게 의지했던 부분이 많다. 업체에 구체적인 요구를 할 때 수명 씨의 도움을 많이 받았다. 원화를 잡는 법은 알았지만 연출노트와 시트를 적는 법은 잘 몰랐는데, 그것도 착실하게 배워 나갔다. 그렇게 하나하나 뭔가를 배워 나갈 때마다 자신감이 붙었고 디렉팅을 하는데 자신이 생겼다.

원화 넘기기

나는 최대한 레퍼런스를 많이 준비했다. 우리가 해놓은 레이아웃에 수명 씨가 적당한 키를 잡아 주면 그걸 토대로 다른 애니메이션이나 액팅을 레퍼런스로 러프하게 연습장에 그려 넣었다. 디테일한 설정을 적고 코멘트까지 적고 나면 업체로 넘길 준비가 다 되었다.

샘플영상

전체적인 애니메이션 분위기를 보기 위해서는 샘플영상이 필요하다. 조연출 친구와 함께 몇 개의 컷들을 정해 놓고 레이아웃, 원동화, 동칼라, 합성과정을 모두 진행해 보았다. 둘 다 본인의 애니메이션을 제작해 본 적이 있고 평소 애니메이션을 많이 봤기 때문에 나쁘지 않은 결과물이 나왔다. FX와 같은 부분들은 함께 프로그램을 익히고 소스들을 찾아가며 채워 나갔다. 우리가 최근 보았던 심플한 일본 극장판 애니메이션의 수준까지는 도달할 수 있겠다는 자신감이 생겼다. 무엇보다 신기했다. '내가 드디어 정그림체 극장판 애니메이션을 만들고 있구나' 라는 생각이 들었다. 생각보다 잘 나온 부산 배경과 샘플영상 덕분에 첫 프리테이션 반응도 아주 좋았다. 다들 작업 초반이라 의욕이 상당했다. 분량이 밀리지 않아 여유가 많았다.

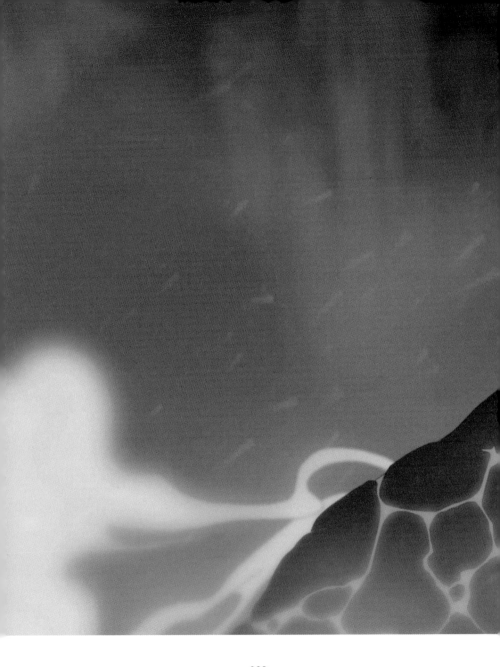

화산고래가 헤엄친다

093

김은진 (조연출)

첫 회식까지 오랜 시간이 걸렸다. 우리들은 언제든 뭉칠 준비가 되어 있었지만 작업 스케줄이 빡빡하고 각자의 분량을 충실하게 소화해 내느라 시간을 내기 어려웠다. 마음 편히 회식을 할 수 있는 날을 기다렸는데 어찌된 일인지 기회가 오지 않았다. 회식을 하고 나면 엄청나게 친해질 거라는 생각이 들어 회식에 대한 기대를 많이 했던 것 같다. 실제로 회식에서 많은 이야기를 나누었고 그동안 서운한 것이 무엇인지 알게 되었다. 우리는 팀 화합이 좋은 편이고 열정이 넘쳤기 때문에 프리젠테이션에 대한 걱정은 별로 없었다. 아마 생각보다 멋지게 작업을 완수해 낸 우리 팀에 놀랄거라고 생각했다. 실제로 그랬다. 우리는 그날 신나게 술과 고기를 먹었다.

잡힌 고래와 놓친 고래

새로운 프로듀서와의 만남

박혜미(감독)

나는 최대한의 커뮤니케이션을 원한다

프로듀서에 관해 이야기하려면 너무 많은 일들이 일어나 엄두가 잘 나지 않는다. 그래도 간소하게나마 이 부분을 설명하는 이유는 이 또한 우리가 거쳐 간 하나의 과정이기 때문이다. 프리 단계를 진행해 주던 프로듀서와 팀원들 사이에 트러블이 잦았다. 본래 감독과 프로듀서는 부부 같은 존재여야 하는데, 우리 팀은 그렇지 못했다. 감독은 아버지같이, 프로듀서는 어머니 같이 스태프들을 보듬어야 하는데프로듀서가 꼭 독재자 큰아버지처럼 행세했다.

장편 애니메이션에 채택된 첫 날부터 그는 나를 연출자가 아니라 한국영화아카데미 '학생'으로 대했다. 처음에는 나이도 한참 어리고 경험도 없으니 그의 태도에 별다른 의구심을 품지 않았다. 하지만 문제는 스태프들이 들어오면서부터 본격적으로 시작됐다. 내가 생각해 둔 작업 방식과 스타일이 있는데 그는 나에게 어떤 의견도 묻지 않은 채 업체들과 계약을 진행했다. 확정이 되고 나면 통보하는 식이었다. 다행히 내부 스태프를 기용하는 건 먼저 교수님에게 이야기를 해 둔 부분이라 문제가 없었다.

하지만 매 심사마다 프로듀서는 '빨리 심사에 통과하려면 괜한 욕심 부리지 말고 어느 정도 선에서 마무리를 해야 한다'고 말했다. 이제 막 초고 스토리보드를 끝낸 감독에게, 그것도 보지 않고 그런 이야기를 강조했다. 그때부터 나는 프로듀서에게 우리의 작업 현황과 그가 진행하는 일들을 자세히 물을 수밖에 없었다. 나도 모르는 계약들이 종종 일어났기 때문이다. 통장 확인도 할 수 없었다.

어쨌든 프리 단계가 마무리되어 갈 무렵 말 많고 탈도 많았던 프로듀서와의 인연이 끝났다. 다른 프로듀서를 구한다는 말을 듣고 먼저 장편을 진행하던 〈창백한 얼굴들〉의 허범욱 감독과 상의해 이런저런 것들을 행정실에 물어 보았다. '어떤 사람이 왔느냐?', '우리는 커뮤니케이션이 가능한 사람을 원한다.' 걱정이 이만저만이 아니었다. 곧 있으면 메인 프로덕션을 진행해야 하는데 연출자인 내가 어느 업체와 계약이 되어 있는지, 우리가 한 레이아웃 컷 봉투들이 어떤 원화맨들에게 갔는지조차 몰랐으니 말이다.

까만 옷의 능력자

생각보다 젊은 프로듀서가 와서 놀랐던 기억이 난다. 검은 옷에 인상 좋은 웃음을 가진 새로운 프로듀서의 모습에 우리 팀은 홀라당 넘어갔다. 프로듀서는 감독을 대신해 그 영화를 여러 사람들에게 소개해 주고 진행시켜 주는 또 다른 감독이다. 서글서글한 첫 인상부터 그는 좋은 프로듀서라는 느낌을 강하게 뿜어내고 있었다.

프로듀서가 오자마자 가장 급히 해결해야 할 일은 제작 현황과 업체 계약 현황을 파악하는 것이었다. 계약서들을 연출자와 프로듀서가 공유해 확인, 체크하기 시작했다. 체크를 하는 내내 나는 얼굴이 어두워질 수밖에 없었다. 내부로 사람을 고용해 작업하려고 했던 파트 중 몇 개가 이미 다른 업체와 선계약이 되어 있었던 것이다. 그 중 하나가 '위트'라는 촬영 업체였고, 또 다른 하나는 동화업체였다. 동칼라는 세 군데나 계약이 되어 있던 반면 스케줄상 제일 급한 원화업체는 하나도 계약되어 있지 않았다.

원화도 나오지 않았는데 동화업체에서 컷을 내놓으라고 하는 상황이었다. 모든 게 시급했다. 기성 애니메이터인 수명 씨와 프로듀서가 함께 원화업체를 구하느라 진땀을 뺐던 것 같다. 애니메이션 업체들이 한창 바쁘던 시기라 적은 가격에 좋은 퀄리티를 뽑아 줄 업체가 별로 없었다. 하지만 하나둘 차근히 진행을 해나가면 무엇이든 해결할 수 있다는 믿음으로 불안감을 줄여 나갔다. 단, 2주 만에 새로 온 프로듀서는 기존에 부실했던 파이프라인을 정리하고 내부 스태프들을 우선시하는 파이프라인을 만들어 주었다.

감독으로서 지금의 프로듀서가 굉장히 좋았던 이유는 내부 스태프들을 자기 사람처럼 대해 주었기 때문이다. 그 전 프로듀서는 내부 스태프들의 계약 상태도 잘 기억하지 못해 내가 매번 스태프들의 계약금에 대해 이야기를 해줘야 했다. 하지만 새로운 프로듀서는 계약도 알아서 잘 챙겨 주고 다들 힘들어 할 때는 간식도 챙겨다 주는 세심함을 보여 주었다. 거의 모든 스태프가 여자였던 우리 팀은 자상한 프로듀서를 더할 나위 없이 좋아했다.

김기환 (프로듀서)

첫 출근

4월 1일, 첫 출근 후 누구나 그렇듯 내 자리 같지 않은 사무실에서 꿔다 놓은 보릿자루처럼 앉아 있었다. 내 자리는 〈창백한 얼굴들〉의 허범욱 감독과 같은 작업실에 마련되어 있었다. 혜미 씨는 바로 옆 작업실에 있었다. 혜미 씨는 방금 일어난 모습으로 인사를 한 뒤 반쯤 뜬 눈으로 이를 닦으러 갔다. 그렇게 하루가 시작되었고 나는 진행 상황 체크에 나섰다. 황동미 팀장님께 전해들은 바로는 7월 말일까지 작업을 완료하는 것으로 되어 있었다. 하지만 내가 파악한 상황은 심각하기 짝이 없었다. 레이아웃과 배경이 80퍼센트 진행된 것 외에 동화업체와 후반작업만 계약되어 있을 뿐 원화는 인력조차 구성되어 있지 않았다. 예산조차 투명하지 않은 상황에서 내가 할 수 있는 것은 아무것도 없었다. 전임자와 혜미 씨 사이에 가장 큰 문제였던 '대화'를 많이 나누는 것으로 문제 해결의 실마리를 찾아 나가기 시작했다. 다른 스태프들의 도움을 받아 내부 동화 인력을 꾸리고 두루픽스, 박스무비 두 업체를 선정해 원화 작업을 진행했다.

원화 외주

두루픽스와 박스무비라는 두 원화 회사와는 조금 애증이 남았다고 생각된다. 박스무비는 초반에 조금 당황스러운 그림을 보내 왔지만 이내 궤도에 올랐다. 두루픽스의 경우 초,중반에 우리 일을 받아 하청을 뿌릴 때 속도가 느리고 정말 어처구니없는 수준의 원화를 가져와 '혹시 우리가 교육 기관이라고 무시하나?' 싶은 마음이 들었다. 하지만 자체적으로 하청 업체를 교체하고 후반에 속도를 높여 주어 안정적으로 원화를 뽑아낼 수 있었다. 기존에 3D애니메이션 회사에서만 일했던 나는 원화 외주에 대한 기본 틀과 앞으로 어떻게 일해야 할지 척도를 마련할 수 있었던 좋은 계기였다.

프리젠테이션

업무가 어느 정도 파악되고 외주 일들이 정리되어 갈 즈음 교수님 참관 하에 중간 과정을 보고하는 프리젠테이션을 진행하게 되었다. 나름 합성 컷도 나오고 괜찮은 이미지라는 생각이 들어 다행이라고 생각하며 프리젠테이션을 시작했다. 끝나자마자 교수님들은 시나리오부터 화면 구성까지 온갖 말들을 쏟아 내셨다. 아차, 싶었다. 7월 말까지 끝내는 것이 절대 불가능하다고 생각하고 있었는데 이런 상황이라면 더 엉망진창의 작품이 나올 수밖에 없다는 판단이 들었고 황동미 팀장님께 이

화산고래가 헤엄친다

야기해서 부산국제영화제 출품을 포기하고, 마감을 10월로 미루기로 했다.

삼각관계

한국영화아카데미는 다른 교육기관이나 제작사와 달리 감독, 지도교수, 아카데미라는 특별한 시스템을 가지고 있다. 이 안에서 감독은 개인 작품에 욕심을 부릴 수밖에 없고 지도교수는 일정과 상관없이 조언을 쏟아 내며, 아카데미는 투자한 결과 보고를 해야 하기 때문에 어쨌든 작품을 완성시키는 데 최선을 다하게 된다. 이 삼각관계가 완벽하게 맞아 떨어진다면 아름다운 그림이 나오지만 조금만 흐트러져도 누군가를 찔러 버릴 수 있는 뾰족한 삼각형이 되어 버린다. 이 삼각관계의 중심에 내가 있었다. 아카데미에서 일하면서 가장 어려웠던 것은 이 삼각형을 아름답게 유지하는 것이었다.

배경 라이팅은 너무 어렵고 동굴은 깊었다

박혜미(감독)

한 번 올린 퀄리티는 내려올 수 없다

심사 초반부터 나왔던 배경 라이팅에 대한 문제를 직시해야 할 상황이 되었다. 원래 초반 콘셉트 때는 심플한 어둠만 넣을 뿐 배경에 너무 많은 무게감을 주지 않기로 했다. 배경에 무게감이 들어가면 당연히 캐릭터에 그림자 양감을 넣어야 했는데 그 부분을 하지 않기 위해서였다. 하지만 막상 나온 그림들은 너무 가벼워 보였고 원근감도 잘 살지 않았다. 기껏 만들어 놓은 3D FX도 제 빛을 발하지 못했다.

결국 조연출 친구와 함께 배경을 한 장씩 가지고 최대한 퀄리티를 끌어 올릴 수 있는 만큼의 라이팅 작업과 텍스처 작업을 진행해 보았다. 결과는 굉장히 좋았다. 라이팅 하나로 배경 분위기가 좌우된다는 것을 느꼈다. 우리는 라이팅에 중점을 둘 수밖에 없었다. 시간은 걸리지만 요령만 있으면 가능한 수준이었다.

하지만 문제는 배경팀이 애니메이션 배경 자체를 처음 해봤기 때문에 영화에 맞는 배경 라이팅이 뭔지를 잘 알지 못한다는 것. 그래서 우리는 함께 스터디를 해나갔다. 동굴은 모두 수작업이었다. 배경팀이 한 달 내내 소묘만 한 기억밖에 없다고 투덜댔다. 퀄리티는 1,2,3막을 통틀어 가장 좋았다. 무엇보다 배경팀 아라의 능력이 적극 발휘되는 순간이었다. 소묘를 그렇게 잘할 줄이야. 그리고 이런 느낌의 동굴을 멋지게 만들어 낼 줄이야. 스케치만 봐도 퀄리티가 아주 높다는 것이 느껴졌다. 이 멋있는 화산고래의 동굴을 그려낸 배경팀에게 박수를 보내고 싶다.

화산고래가 헤엄친다

이소라(배경)

1, 2막 전체의 라이팅을 다시 손봐야 한다고 했을 때는 머리가 멍해지는 기분이었다. 하지만 은진이가 1막을 맡아 줘서 한 짐 덜었고 그 외 부족한 조명 관련 지식은 팀원들의 조언을 듣고 개인적으로 공부를 해가며 메워 나갔다. 조명과 텍스처의 효과는 굉장히 컸다.

3막은 고생스러웠던 기억밖에 없다. 시간에 쫓기기도 했고 개인적으론 정밀 묘사 능력이 떨어져 내가 이 정도 밖에 안 되나 하는 생각이 들었다. 그래도 그냥 꾸준히 해나갔다. 그것 말곤 방법이 없었다. 3막 마무리는 아라가 했다. 비어 있는 부분을 꼼꼼히 정돈해 주고 유황 등 요소도 추가해 퀄리티를 끌어 올렸다. 내가 못하는 부분을 메워 줄 수 있는 팀원이 있다는 것이 다행스럽고 고마웠다.

김은진(조연출)

배경팀의 스케줄이 빡빡했기 때문에 라이팅 작업 스케줄이 불투명한 상태였다. 그때쯤 나는 대강 원동화 분량이 끝나 있었기 때문에 내부(팀 내에서 컬러까지 끝난 동화)컷과 외부 컷으로 합성을 시작했다. 그런데 합성을 하다 보니 배경에 아쉬운 부분이 보였고, 조금씩 배경 라이팅이나 텍스처를 건드리게 되었다. 신마다 일관성이 있어야 해서 통째로 만지다 보니 어느새 라이팅을 내가 담당하게 되었다. 재밌긴 했지만, 원래 내가 해야 할 일이 아닌데 해야 된다는 것이 상당히 큰 스트레스로 다가왔다.

사실 라이팅을 꼭 내가 해야 한다는 강제성은 없었지만 같은 장소임에도 빛이 다른 곳에서 오는 것(컨티뉴이티의 문제)을 그냥 두고 보긴 어려웠다. 배경이 이런 상태로 합성되는 것은 다 된 밥에 재를 뿌리는 것이나 다름없다고 판단했다. 더 멋질 수 있는 장편이 아쉽게 고꾸라지는 것은 두고 볼 수 없었다. 굉장히 긴박해야 하는 상황에 긴박감이 떨어지는 것 같았다. 배경팀은 이미 충분히 바빴고 당시 업체 쪽 문제가 있어 혜미도 바빴다. 그런 부분에서 혜미와 갈등이 있었는데 혜미는 디테일을 살리지 못하더라도 마감에 맞추는 방향을 원했고 나는 합성하면서 마음에 안 드는 부분을 참아 내기 힘들었다.

내가 해낸 작업물에 대한 자부심 없이 작업을 한다는 것은 괴로운 일이다. 수정할 수 있는 부분들을 못 본 척 그냥 넘길 수 없었다. 그렇다고 약 200컷 가까이 되는 1막 라이팅 전부를 쳐낼 자신도 없었다. 누구도 강요하는 사람이 없었지만 나 혼자 참을 수 없어 괴로워했다. 결국 어느 날 그런 감정이 폭발해서 거의 일주일 정도 작업실에 나가지 않았다. 그때는 왜 내가 라이팅을 해야 하는가에 대한 문제가 아니라 내가 1막 라이팅을 모두 할 것인지 말 것인지에 대한 고민을 많이 했다. 결국 나는 라이팅을 하기로 했다. 1막만큼은 좀 더 애착을 가지고 합성을 진행했다. 지금 생각해 보면 별 것도 아닌 일에 생색을 낸 건지도 모르겠다.

민지현(원동화)

동굴작업은 정말 훌륭했다. 작품과 잘 어울렸고 퀄리티도 정말 좋았다. 내가 모니터를 보며 태블릿과 씨름하고 있을 때 배경팀은 책상 위에 커다란 종이를 펼쳐 놓고 수작업으로 배경을 그렸다. 연필의 부드럽고 보슬보슬한 느낌을 잘 살려 동굴 속 배경을 그리는데 그게 내심 마음에 들어 힐끔힐끔 구경했던 기억이 난다.

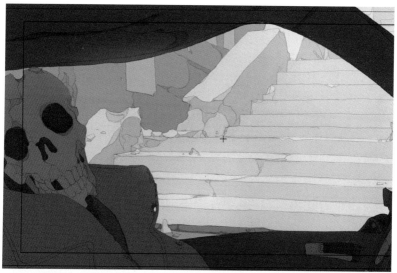

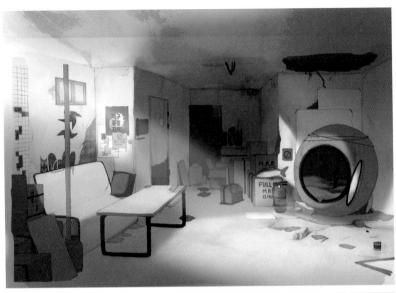

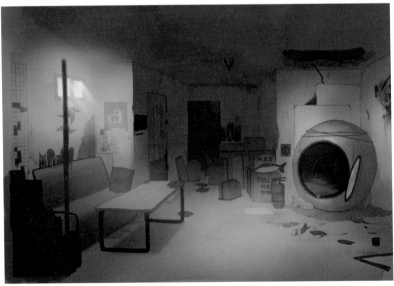

화산고래가 헤엄친다

화산고래가 헤엄친다

속도와 퀄리티 사이에서 고민하다

박혜미 (감독)

내부 스태프를 들일 것인가 말 것인가?

감독으로서 속도보다는 퀄리티에 대한 욕심을 버릴 수 없었다. 이기적이지만 내 것처럼 해줄 사람이 필요했다. 업체와는 그런 작업이 불가능했기에 공고를 내서 내부 스태프를 구하기 시작했다. 그렇게 해서 받은 포트폴리오 중 가장 괜찮다는 생각이 든 사람에게 연락을 취했다.

첫 미팅 때 별다른 기대를 안 하고 나갔다. 그런데 그녀가 따로 연습을 해온 하진의 액팅 모음집을 보고 바로 결정할 수 있었다. 시나리오도 안 보고 스토리보드만 참고해서 그려 온 하진의 액팅들은 내 머릿속 캐릭터와 일치했다. 부산에 사는데도 불구하고 〈화산고래〉를 위해 서울로 상경하겠다는 그녀의 의지에 살짝 부담감이 느껴지기도 했다.

그렇게 첫 미팅 날 지현 언니는 바로 고시원 계약을 했고, 다음날부터 바로 서울 생활을 시작했다. 지현 언니와는 커뮤니케이션이 중요했다. 중요한 액팅이 있는 시퀀스들을 모두 내부로 돌렸다. 그녀가 그린 컷만 총 150컷 정도다. 80컷 정도를 하고 나서는 스케줄과의 전쟁이 시작되었다. 속도에 대한 고민과 퀄리티에 대한 고민을 공유해 나갔다. 이 부분에서 프로듀서, 지현 언니, 나는 서로 의견 차이가 있었다. 그래서 선택했던 게 단순 노동이 되는 인비트윈(키와 키 사이를 잇는 동작)이 많은 컷들을 직접 레퍼런스를 짜서 최대한 오차를 줄인 상태로 업체에 넘기는 것이었다. 그렇게 30컷 정도의 수고를 덜었다.

굉장히 중요했던 백상원 액팅의 경우는 1차적으로 지현 언니의 원동화가 진행되었고 2차적으로 내가 체크를 하고, 수정할 수 있는 것들은 내가 직접 수정을 한 뒤 도움이 필요한 부분을 리테이크 넘겼다. 그 작업은 웬만하면 한가한 주말에 진행했다. 최대한 속도는 맞추되 퀄리티를 유지하면서 두 마리 토끼를 모두 잡는 위험을 감수했다.

처음 업체에 보냈던 컷을 받는 날이 새삼 기억난다. 우리는 잔뜩 기대에 부풀어 있었다. 업체와의 작업은 처음이었고 그들은 프로이기 때문에 퀄리티에 대해선 의심의 여지가 없었다. 하지만 컷 봉투를 열어 본 순간 나는 실망감을 감추지 못했다. 내부에서 한 것보다 수준이 떨어졌다. 아마추어인 우리가 한 것보다 액팅도, 그림체도 허접했으며 모든 컷들을 리테이크 보내야 하는 수준이었다.

사실 업체 원화를 받기 전 팀 내 레이아웃 체크 담당인 수명 씨의 소개로 다른 원화맨 한 분에게 10컷 정도 맡긴 적이 있다. 황미령 씨가 해온 컷들은 너무 훌륭했다. 원화 키도 많이 잡혀 있었고 그림체도 너무 잘 잡아 주어 업체에 걸었던 기대가 더 컸다. 하지만 심해도 너무 심했다. 갑자기 막막해졌다. 프로듀서와 수명 씨는 원작을 구하면 괜찮을 거라고 했지만 불안감을 지울 수 없었다. 내부에서 200컷 정도 소화한다 하더라도 550컷이 넘는 컷들은 업체에서 진행해야 하는데 이런 퀄리티로 어떻게 작품을 만들라는 말인가.

드디어 원작의 퀄리티를 보기 위해 보냈던 컷들이 도착했다. 이런, 실수했다는 생각이 들었다. 역시 원작자의 그림체를 따라가지 못했다. 화산고래 캐릭터들이 업체에서 익숙해 하는 그림체가 아니었다. 미묘한 선 하나로 캐릭터 느낌이 확 바뀔 정도였으니 말이다.

너무 답답한 나머지 내가 원작까지 손봐서 업체에 샘플 원화를 보냈다. 하지만 그마저도 묵살되었다. 저예산 애니메이션인 만큼 돈에 맞게 뽑아낼 수 있는 것에 한계가 있다고 했다. 저예산이라는 단어는 나로 하여금 계속 퀄리티를 버려야 하는 상황을 만들어 준 지독한 단어였다. 그날 하루 종일 고민을 많이 했다. 어떻게 하면 퀄리티를 높일 수 있을까. 원작 하는 사람을 내부로 들일 것인가, 말 것인가. 하지만 이 돈으로는 원작 하는 사람이 내부로 들어오려 하지 않을 것이다. 또 이렇게 긴 프로젝트 기간 동안 붙잡고 자기 것처럼 해줄 리 없다. 다음날 나는 업체에서 작업을 오래 해본 수명 씨에게 '만약 감독인 내가 직접 원작을 보는 건 어떤지' 물어 봤다. 괜찮을 것 같다고 했다.

그렇게 해서 원작을 내가 진행하게 되었다. 좀 벅찬 감이 있었지만 내부 스케줄과 퀄리티를 생각하면 꽤 괜찮은 선택이었다. 원작에 책정되어 있던 돈도 다른 쪽으로 돌릴 수 있었다. 업체와의 싸움은 아직 현재진행형이다.

민지현 (원동화)

속도와 퀄리티. 어찌 보면 이것은 두 마리 토끼를 잡는 일이었는지도 모른다. 마감은 정해져 있고, 시간은 없는 데다 쳐내야 할 분량은 엄청났다. 그런데 퀄리티에 대한 욕심까지 있었다. 정말 프로라면 마감 시간을 지켜야 한다고 생각했다. 퀄리티에 대한 욕심을 모두 채우려면 시간이 무한정 걸릴지 모르기 때문에 그냥 기본적으로 봤을 때 만족할 만하면 되지 않을까 싶었다. 무엇보다 시간이 부족했다.

평균 한 컷을 원동화하는 데 1.5일이 걸렸다. 속도를 내면 0.7일 정도 걸린다. 그런데 나에게 주어진 컷들과 남은 기간을 보니 하루 3컷을 쳐내야 한다는 계산이 나왔다. 앞이 캄캄했다. 그렇다고 못한다고 할 수도 없다. 일정을 늘릴 수도, 내 일을 대신할 사람을 구할 수도 없었다. 이때 엄청난 스트레스를 받았다. 조금이라도 더 자연스럽게 액팅을 만들려면 시간이 많이 들었다. 어느 정도 선에서 마무리를 지어야 했다. 이런 결정을 내리는 것이 정말 힘들었다. 원동화는 내 얼굴과도 같은 것인데, 내가 봐도 만족이 안 되는 퀄리티를 관객들이 본다는 게 싫었다. 대충 만든 내 얼굴을 보여 주는 것 같았기 때문이다. 하지만 일정이 계속되는 동안, 나는 결국 마감이 그래도 중요하다는 것을 깨달았다. 보여 주지 못하는 것보다 어느 정도의 퀄리티라도 결과물을 만들어 내는 것이 나았기 때문이다. 그래서 뒤로 갈수록 시간이 많이 들고 복잡한 컷들은 업체로 돌리고 중요한 장면, 높은 퀄리티를 추구하는 컷들은 내부에서 원동화를 하면서 어느 정도 선에서 마무리를 지었다. 속도와 퀄리티 사이에서 최대한 효율성을 찾으려 노력했다.

고래는 액팅이 화려하지 않다. 복잡한 액션도 없다. 하지만 덩치가 큰 캐릭터인 만큼 움직임이 천천히 이루어져야 했다. 따라서 동화가 엄청 많이 들어간다. 동화가 많이 들어가는 노동 컷들은 업체로 넘기고 있었지만 고래 신은 중요했기 때문에 업체로 넘기지 않았다. 게다가 웅장함을 표현하기 위해 3프레임짜리 한 장을 같은 그림에 3장씩 그려 홀드인 중에도 계속 움직이도록 했다. 또 고래가 마그마 안을 헤엄쳐 다니기 때문에 마그마 안에서 등장하는 고래를 그릴 때는 물속에 있는 고래와 같지 않았다. 고래가 풍덩 떨어지거나 꼬리를 치며 물살을 가를 때 마그마가 어떻게 움직이는지를 묘사해야 했는데, 마그마 속을 찍은 영상이 하나도 없으니 레퍼런스를 찾기 어려웠다. 순전히 비슷한 물질(진흙이나 젤리 등)의 움직임을 보고 응용하거나 상상해야 했다. 레퍼런스 없이 물질의 속성에 따른 움직임이 어떻게 이루어지는지 연구하는 것은 상당히 많은 고민과 에너지가 필요했다.

김은진(조연출)

혜미가 단편을 할 때도 원동화 스태프로 참여해 본 적이 있다. 그때 내심 원동화를 못하는 건 아니라고 생각하면서도 내 능력에 대한 불안함이 컸다. 내 딴에는 한다고 한 것이 별로이거나 좋지 않을 때, 또 작업 속도가 너무느릴 때 그런 생각이 들게 마련이다. 그러나 단편은 잘 마무리되었고 나 자신을 믿어야 할 때 믿는 것이 중요하다고 느꼈다. 장편을 할 때는 자신감 부족을 극복했다고 믿었기 때문에 어느 정도 잘할 수 있으리라 생각했는데 막상 진행을 해보니 다를 건 없었다. 동화가 좋지 않으면 어쩌나 초조했고 극장의 커다란 스크린에서 움직일 동화를 생각하니 이걸 내가 해도 되는가 싶기도 했다.

이런 걱정은 업체에 보낸 동화가 들어오는 날 모두 무너져 내렸다. 내가 굉장할 거라 생각했던 업체는 생각보다 작업 역량이 떨어졌으며 비즈니스적인 면모 또한 그랬다. 약속이 미루어지거나 변경되면 연락을 해줘야 하는데 그렇지 않았다. 요구한 대로 자료를 보내 주어도 자료는 언제 어떻게 봤는지 전혀 다르게 생긴 캐릭터들이 나왔다. 각 캐릭터의 옷이나 장신구가 틀린 것은 다반사였고 심지어 보내 놓은 원화 컷을 잃어버리기도 했다. 적어도 내 상식선에서는 이해할 수 없는 일이었다. 실망이 컸다.

그러한 이유로 내부에서 소화해야 하는 컷 수가 늘어났다. 자연히 절대적인 장 수도 늘었고 비교적 소수인 팀원들이 소화하기 힘든 수준이었다. 그럼에도 불구하고 키를 잡는 것(움직임의 핵심이 되는 포즈들을 그리는 것)까지는 창작의 부분이라 즐거웠다. 움직인다는 것은 그 캐릭터를 설명하는 것이고, 또 다른 캐릭터 설정이라고 볼 수 있기 때문이다. 그러나 대부분은 인비트윈으로, 그려야 하는 양이 압도적으로 많았다. 인비트윈을 그릴 때면 벽을 치며 내가 왜 애니메이션을 선택했는지, 이런 단계를 거쳐 만드는 것이 어떤 비전이 있는지 생각을 거듭하다 우울 모드에 빠지기도 했다.

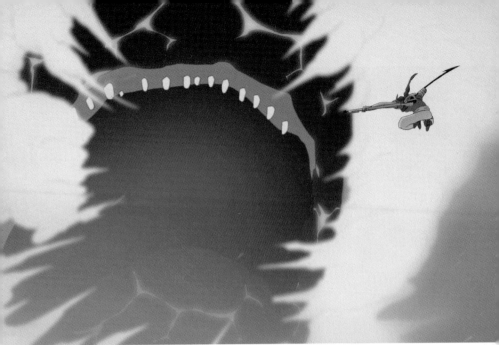

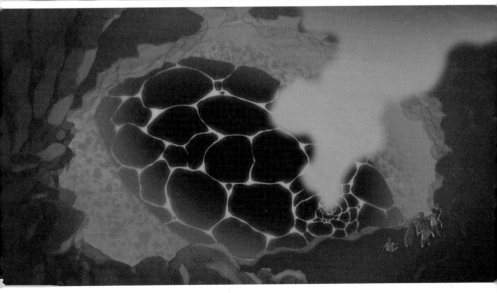

113

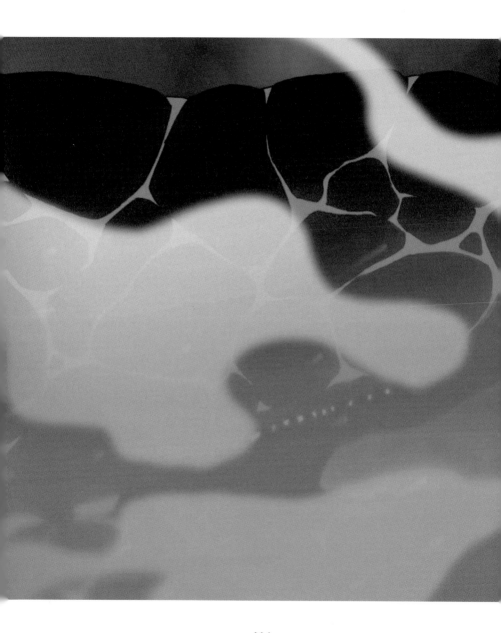

화산고래가 헤엄친다

프로덕션

잡힐 듯 말 듯한 화산고래

박혜미(감독)

발목을 잡는 컷들

올컬러에 등장 인물도 많고 액션도 많아 수정사항이 많이 생겼다. 무엇보다 업체와의 파일 공유 시 누락되거나 분실된 컷들이 많아 고생했다.

사실 이것은 지금도 끝나지 않은 문제이다. 현재 네 군데 업체에 넘어간 500컷 이상의 컷들 중 분실된 컷이 10컷 이상 되고 내부에서 분실된 컷도 4컷 정도이다. 작업을 진행하면서 조금씩 해결해야 하는 것들이지만 우리는 아직도 끝나지 않은 원동화 작업에 애증을 갖게 된다. 특히 업체와의 작업 때문에 하게 된 컷 봉투 작업은 조금 비효율적으로 느껴졌다. 내부에서는 디지털 작업을 했기 때문에 파일 정리와 보관을 확실히 할 수 있었고 무엇보다 파일 확인이 정확했다. 하지만 컷 봉투 작업을 하려면 파일을 보내는 데 들이는 시간과 다시 수정해서 받는 시간까지 이래저래 시간이 많이 걸린다.

특히 원화를 잡기 어려운 컷들은 업체에서도 늦게까지 붙잡고 있다 주는 경우가 많다. 4개월 전 줬던 컷을 이제야 받는다든지, 너무 단순한 액팅 같아 리테이크를 보냈는데 한참 뒤에 확인이 가능하다든지 문제가 많이 발생했다.

민지현 (원동화)

마무리 단계가 되자 우린 모두 지쳐 있었다. 빠듯한 일정과 넘치는 작업량으로 막판에는 매너리즘에 빠져 요령도 피우려 했던 것 같다. 한 프레임이라도 줄여서 편하게 작업하고 싶은 마음이 컸다. 액션이 많이 들어간 컷보다 홀드 컷을 찾았다. 하지만 그런 내 마음을 읽기라도 한 듯 막판으로 갈수록 숨어 있던 복잡하고 현란한 컷들이 보란 듯이 우루루 쏟아져 나왔다. 어떤 컷은 한숨이 나올 정도였다. 시간도 부족한데 2컷을 쳐낼 수 있는 시간에 1컷을 오래 붙잡고 있어야 했다. 그런데 그런 컷들이 생기를 불어넣어 주기도 한 것이 사실이다. 매너리즘에 빠져 있는 나에게 신선한 액션이 필요한 컷을 그리는 일은 다시금 동작에 대한 창의적인 연구를 가능하게 해주었다. 창의성은 생기를 불어넣어 준다. 물론 힘들게 내 손을 떠나보냈던 컷들이 수정이라는 이름으로 다시 돌아 왔을 때는, 모니터에 머리를 쥐어박고 싶었다. 안일한 마음으로 작업했던 컷들이 수정이라는 이름으로 돌아와 내 마음을 짓눌렀다.

118

화산고래가 헤엄친다

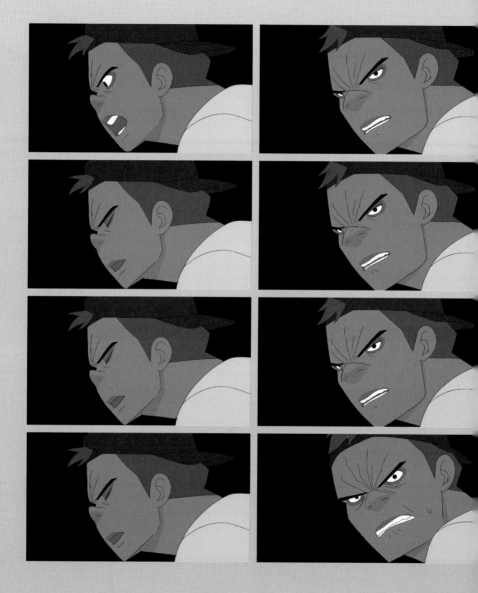

프로덕션

화산고래가 헤엄친다

화산고래가 헤엄친다

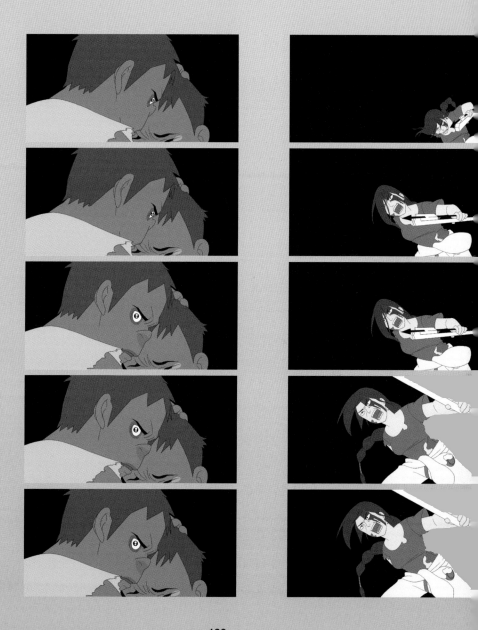

포스트 프로덕션

드디어 포획한 화산고래

합성작업

박혜미(감독)

전 프로듀서가 촬영팀과 계약을 했다고 해서 장편 애니메이션은 합성을 하는 데 좀 다른 기법이 있는 줄 알았다. 하지만 단편과 별다를 것 없이, 똑같은 에펙으로 작업했다. 에펙 프로그램을 어느 정도 다룰 줄 알았기에 나는 합성을 어떻게든 내부로 돌리고 싶었다. 하지만 이전 프로듀서가 이미 계약을 진행해 버린 상황이라 되돌릴 수 없었다. 김기환 프로듀서와 함께 계약이 되어 있는 업체를 찾아갔다. 최대한 작업을 내부로 돌리는 방향으로 얘기를 나누었고 조연출과 합성 스케줄을 짰다.

시트를 보는 건 이미 원동화를 체크하고 작업하면서 많이 익숙해진 상황이었다. 무엇보다 합성을 하기 위해 FX 소스가 필요했다. 사실 업체에 맡겨도 괜찮지 않을까 생각했던 것은 소스가 우리보다 훨씬 많을 거라고 생각했기 때문이다. 〈화산고래〉에는 기존 애니메이션에 비해 자연물 액팅이 많다. 우리는 그 수고를 내부에서 해결하기로 했다. 다양한 FX 소스를 수집했고, 3D로 단순한 연기와 마그마

소스를 조연출 친구가 만들었다.

합성은 디테일의 완성

합성은 디테일의 완성이다. 반사광 하나, 전광판 불빛 하나, 안개 하나로 분위기가
확 달라지는 게 바로 합성작업이다. 빛이 닿는 부분에 하이라이트를 주는 것도 하
나의 센스다.

　시트지를 보고 셀을 올리는 것은 단순 노동일지 모르지만 합성은 센스가 필요
했다. 조연출 친구와 나는 합성을 위해 많은 애니메이션들을 챙겨 봤다. 사실 업체
에 맡겼던 컷들의 낮은 퀄리티를 합성에서 끌어올리려고 했던 의도가 컸다. 그렇게
〈화산고래〉를 위한 합성 팁들을 차분히 갖춰 나갔다. 특히 마그마가 등장하는 신
들을 너무 튀지 않게 합성하기 위해 어떻게 해야 할지 고민이 많았다. 마그마를 3D
로 뽑았지만 마그마 자체의 색감이 원색이라 촌스러운 감이 있었다. 전체적인 톤
을 파스텔과 모노로 맞췄던 1막과 달리 원색이 강한 3막 컷의 합성이 난감했다. 그
래서 생각해 낸 방법이 붉은 파스텔 톤의 단색 레이어를 얹혀 원색의 색감을 열기
로 인해 생기는 것처럼 뿌옇게 만드는 것이다. 생각보다 괜찮았다.

　화산고래는 동화에서도 많은 노동을 필요로 했는데, 합성에서도 마찬가지였
다. 화산고래의 갈라진 등딱지 틈 사이로 마그마 빛을 발광시키고 싶어 일일이 마
스크를 따서 광선 효과를 주었다. 인내심의 한계를 느끼기도 했지만 다른 캐릭터
들보다 스케일이 커서 고생한 보람이 있었다.

　캐릭터의 그림자도 빼놓을 수 없다. 초기 설정에서는 일반적인 느낌을 원했
기 때문에 어둠과 빛이 배경과 캐릭터에 동시에 들어가는 것까지는 생각했지만 캐
릭터 자체의 역광 같은 것은 미처 생각하지 못했다. 그러던 중 연상호 감독님과의
멘토링에서 캐릭터에 그림자를 넣는 게 생각보다 어렵지 않다는 것을 알게 됐다.

수고스러운 면이 있긴 했지만 다른 노력에 비하면 괜찮았다.

카메라의 움직임

〈화산고래〉는 배 위에서 일어나는 신들과 액션 신이 많다. 배의 흔들리는 느낌을 주고 싶어 모든 컷들에 홀드 없이 키를 잡았다. 그리고 동굴 신은 긴장감을 만들기 위해 카메라에 일부러 흔들림을 주지 않았다. 대신 무기를 쓸 때는 위글러라마 효과를 썼다.

합성과 동시에 동화수정, 훅업 맞추기

합성은 원동화보다 즐거운 작업이다. 다만 급한 스케줄 때문에 동화를 체크할 시간 없이 동칼라로 넘어가는 바람에 수정하는 데 꽤 애를 먹었다. 그냥 스케치만 원작을 보는 게 아니라 칼라까지 다시 지우고 칠해야 하는 작업이었으니 말이다. 그 작업은 원작자인 나 말고는 할 수 있는 사람이 없었다. 내 팔이 수십 개였다면 하는 생각을 많이 했다. 내부에서 한 동화 컷들은 문제가 없었지만 업체에서 한 컷들은 캐릭터가 얼굴을 돌릴 때 심하게 일그러지는 경우가 많았다. 원화를 받아 원작을 할 때는 일부러 기존 원화보다 많이 그려서 보내기도 했다.

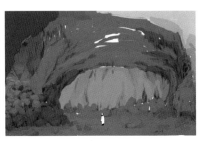

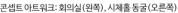
콘셉트 아트워크: 회의실(왼쪽), 시체홀 동굴(오른쪽)

완성된 애니메이션 컷: 회의실(위), 시체홀 동굴(아래)

고래의 소리에 귀를 기울여라

편집

아직 합성 작업을 하고 있기 때문에 편집 작업에 대해서는 걱정이 많이 된다. 조금만 손을 더 보면 나아지지 않을까 하는 심정으로 마무리 시점을 잡지 못하고 있다. 편집을 위해서는 타이밍도 다시 체크해야 한다. 아마 편집을 하고 나서도 영상 컷들은 계속 손을 보게 될 것이다. 상영 전까지 손에서 놓지 못하고 파고들 게 뻔하다. 애니메이션 작업 과정 중 가장 아쉬움이 많이 남는 순간은 바로 편집 때이다. 편집을 하는 과정에서 부족해 보이는 컷과 아쉬운 액팅이 모두 보이기 마련인데, 이미 모든 스태프들은 떠나고 난 뒤고 제작비도 거의 남아 있지 않기 때문에 추가 작업이 어렵다. 물론 프리 프로덕션 단계에서 완벽하게 작업을 해놓았다면 별 무리는 없겠지만 나는 완벽하지 않았고, 그래서 아쉬운 것들이 많이 보일 것이다. 지금도 눈에 훤히 보인다.

더빙

한국애니메이션 제작에서 가장 취약한 부분이 성우 부분인 것 같다. 상업영화에선 유명하지 않은 성우를 기용하는 대신 유명 배우를 캐스팅하는 게 보통이다. 그 때문에 애니메이션에서 배우들의 목소리가 붕 뜨는 걸 자주 느낀다. 단편을 할 때도 목소리를 택할 것인가 연기력을 택할 것인가, 굉장히 고민을 많이 했다. 저예산 환경에서 두 가지 모두 되는 성우를 쓰는 건 매우 어려운 일이기 때문이다. 아직 오디션을 보지는 않았지만 최대한 연기가 되는 아마추어 성우를 찾아보려 한다. 정말 운이 좋다면 만날 수 있지 않을까.

화산고래가 헤엄친다

음악

음악감독님들과는 메인 프로덕션 단계 때부터 꾸준히 만남을 이어왔다. 대체로 시나리오에 대한 이야기를 많이 나눴고, 현재 진행과정이나 샘플영상 등을 통해 우리 영화의 분위기를 자세히 알려주고 있다. 〈화산고래〉에서 가장 중요한 것은 고래의 소리이다. 나는 웅장하지만 단순한 음을 만들고 싶다. 음악감독님도 너무 많은 악기를 사용하는 것보다 큰 멜로디를 정하고 거기에 맞게 여러 버전을 만들어보자고 했다. 굳이 작업할 때가 아니더라도 종종 만났다. 음악감독님 두 분이 서로 다른 성향을 가지고 있어 본격적으로 음악작업에 들어가면 어떤 결과물이 나올지 궁금하다.

그밖에 후반작업들

메인 프로덕션을 할 때는 많은 스태프들이 함께 있었기 때문에 힘들어도 금세 회복이 되었고, 쉽게 작업을 진행할 수 있었다. 앞으로 남은 포스트 프로덕션은 정말 연출자로서 작품과 혼자 외로운 싸움을 벌여야 하는 시간이다. 나는 여태껏 해왔던 것처럼 지치지 않고 달려갈 수 있다고 믿는다. 편집, 사운드 믹싱, 음악 작업 등 아직 해야 할 일들이 쌓여 있는 와중에 제작백서 작업을 하게 되었다. 제작백서는 끝나가지만, 우리의 작업은 아직 끝나지 않았다. 우리는 여전히 화산고래를 잡기 위해 치열하게 달려가고 있다. 후반작업이 한창 진행되는 중이라 하고 싶은 이야기를 꾹꾹 눌러 담고 있다. 우리 영화가 극장에 걸리게 되면, 빈 페이지로 남겨 놓은 후반작업에 관한 이야기를 더 풍성하게 채울 수 있을 것이다. 그날을 위해 우리는 또 열심히 헤엄친다.

"자, 떠나자, 화산고래 잡으러!"

1. 제작 백서

2. 산고끝에...

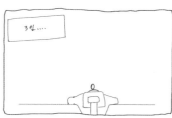

3. 시나리오 영접

4. 야라

131
포스트 프로덕션

5. 뉴비

뭐 괜찮잖아 근무시간도 저렇고...

아, 내일 새 팀원이 한명 더 와요

앗사! 배팅팀 인력 증원!!

레이아웃이랑 연줄 인데...

어면 사장 인데?

나 예전에 단편 같이 했던 감독 회화력 좋고, 글 좋고, 걸 멋고?

어어- 나랑 잘 멎겠네~

꺼억~

6. ?!

여기가 작업실이야? 넓네~

작업하니... 어게 책임헤야?

아.. 근데 내가 이 젅체여 앉을 수 있을지 모르겠다.

통양이나 괘는 어쩔건데?

아, 부분적으로 3D쓸 써서...

원래 있던 팀원이야?

아씨 나도 좨 보는데?

7. 윤건이

8. 동굴

얘가 전에 말한 그친구.

- 안녕 하세요

언니는 언니네~
언니라고 불러도 돼?

돼

두근구다

오~

얘가 나랑 좀 맞는 것 같다.

그니까
이게 대체 뭔데 !!?!

동굴 그릴때 내 심정!

화산고래가 헤엄친다

리뷰

Q&A 우리들의 이야기

참석자: 박혜미 (감독), 김은진 (조연출, 합성), 민지현 (원동화), 이소라 (배경)

아직 작업이 다 끝나지 않았지만 이제 끝이 거의 보이네요. 다들 기분이 어때요?

박혜미 매일 사람들이랑 같이 있다가 혼자 있으니까 이상하더라고.

김은진 맞아. 어제도 집에서 혼자 괜히 창문 열었다 닫았다 하면서 멍 때리게 되더라.

박혜미 한참 메인 작업할 때는 사람들한테 너무 치여서 혼자 있고 싶다는 생각을 많이 했는데, 막상 혼자 있으니까 적막해. 계속 달리다가 피니시 라인이 보이니까 솔직히 아쉬운 느낌이 들어.

민지현 우리 팀이 좀 시끌벅적했어야지. 소라는 어때?

이소라 미소(대답 없이 웃음).

김은진 언니는 다시 장편 안 할 거라는 생각! (웃음)

이소라 장편을 하게 되더라도 메인을 하면 안 되겠다는 생각! (웃음)

〈화산고래〉는 지금까지 진행 상황을 볼 때 생각만큼 잘 나온 것 같아요?

김은진 이제 본격적인 질문인가?

이소라 아쉬운 부분이야 계속 있죠.

민지현 나 같은 경우에는 원동화 할 때 힘들었잖아. 그래서 조금이라도 수월하게 하고싶은 마음이 드는 거야. 초반에는 완전 의욕이 가득해서 욕심을 부렸는데 뒤로 가니까 좀 지치더라고.

박혜미 와~ 초반에 장난 아니었지. 지현 언니 초기 원동화한 레이어 보면 엄청 쪼개났잖아. 홀드인 것 같은데 자세히 보면 미묘하게 다 움직여서 소라 언니가 동칼라 하면서 엄청 싫어했지. (웃음)

민지현 초반에는 어떻게든 내가 만족할 만한 액팅이 나올 때까지 고민을 많이 했는데. 뒤로 갈수록 열정보다 일정에 맞추게 되니까 힘들어지더라고.

김은진 그렇지, 스케줄에 맞춰야 하니까.

민지현 일정에 맞추려면 퀄리티를 낮춰서라도 빨리빨리 컷들을 쳐내야 되니까.

이소라 그래서 업체 사람들이 좀 관성적이 되나 보다. 시간이 없으니까.

민지현 그래, 한 장이라도 덜 그리려고 머리를 좀 굴렸던 것 같아.

민지현 어. 그래서 나도 나중에는 요령을 좀 부려서 하고 그랬는데.

박혜미 괜찮아. 언니가 빨리 끝내려고 인비트윈 덜 그린 것들, 내가 프레임 추가라고 해서 리테이크 다 보냈으니까. 지금도 좀 더 해야 되고.

민지현 어!!! 처음 얘기할 때는 퀄리티를 낮춰서라도 시간 안에 끝내자고 해놓고 프레임 추가라고?

김은진 그래!!!

이소라 맞아!!

박혜미 사람이 참 간사한 동물이더라고. 흠.

민지현 맨 마지막에 합성까지 끝난 거 보니까 진짜 후회되는 게 많더라고.

박혜미 특히 어떤 거?

민지현 그냥. 액팅 같은 건 내가 좀 더 욕심을 내서 완성도를 올렸으면 좋았을 텐데 하는 생각이 들지.

박혜미 그래도 언니가 어떤 컷들을 보고 구체적으로 뭔가를 느꼈을 거 아니야.

민지현 아니, 뭐 트레일러 봤잖아. 내가 해놓은 것들 전부 다.

박혜미 액션 신 많은 부분?

민지현 어, 프레임이 부족한 게 너무 보여.

이소라 아까 아라(배경)도 말했는데, 자기가 배경한 것 중 부족한 게 많이 보이니까 너무 아쉬워 하더라고.

박혜미 그런데 어쩔 수 없는 게 1억5천만 원짜리 저예산 애니메이션이고 시간이 없다 보니 한계가 있었던 것 같아. 다른 사람들은 어때?

이소라 난 만족하는데.

김은진 답이 뭐 그래? (웃음)

이소라 왜~나는 내가 할 수 있는 범위 안에서 최대한 노력했고, 나름 잘 나온 거 같은데.

박혜미 아니, 이게 변론하는 시간이 아니라니깐. (일동 웃음)

이소라 으으, 나는 정말 잘 나온 거 같은데.

김은진 잘 나왔다 안 나왔다 따지기 보다 나는 내가 한 부분에 대해 만족해. 내가 욕심을 부린 부분에선 잘 나온 거 같아. 가지고 있는 소스 안에서는 최대한 잘 나왔다고 생각해.

박혜미 음, 나도 괜찮다고 생각해. 만약 업체에 액션 원화를 맡겼다면 지금 같은 퀄리티는 힘들었을 것 같아. 액션 액팅에 오히려 창작 작업이 필요하니까.

김은진 그래. 둘 다 액션 연출에 대해 생각해 본 적이 별로 없었기 때문에.

박혜미 그래서 그때 한참 〈에반게리온〉과 픽사 애니메이션의 액팅을 많이 연구했지.

첫 장편 애니메이션을 제작한 소감은? 그리고 신기했던 장편 애니메이션 시스템은 뭐가 있을까?

박혜미 나는 장편 애니메이션 제작이 정말 일사천리로 진행될 줄 알았어. 작업이 세분화되어서 말이야. 근데 실제로는 너무 변수가 많았지. 다들 처음이었던 것도 컸지만.

김은진 소라 언니는 어때?

민지현 맞아. 소라는 아예 애니메이션을 처음 했잖아.

이소라 그냥 모든 게 처음이라서 재밌긴 했는데 비효율을 열정으로 채우는 시스템이라는 생각이 많이 들었어. 특히 파일 정리할 때, 북(Book) 작업할 때 레이어 정리가 너무 복잡한 거야. 다들 애니메이션이 처음이고 누가 봐도 알아볼 수 있게 작업해야 되니까.

박혜미 사실 작업해 보니 그냥 레이어를 전부 합쳐도 되는데. 다 필요 없고.

김은진 언니는 어때?

민지현 나는 이렇게 팀 작업을 해보는 게 처음이거든.

김은진 나도.

민지현 단계 작업할 때 중요하다고 생각했어. 프리 단계, 메인 단계, 포스트 단계 이렇게 올라갈 때. 그 전 단계의 역할이 정말 중요하다는 것을 절실히 느꼈어. 현재 단계만 중요한 게 아니라 그 다음 단계도 고려해서 작업해야 한다는 거.

박혜미 음. 맞아. 나도 그건 제대로 느꼈어. 우리 프리 단계 때는 릴영상 심사가 계속 통과 안 되니까 스케줄이 자꾸 미뤄져서 다른 것들을 신경 못 썼잖아. 그래서 거의 두 달을 낭비하고 나중에는 스케줄이 너무 빠듯하니까 메인으로 넘어갈 때도 어영부영 넘어가 버렸지. 그게 지금도 너무 아쉬워. 프리 단계 마무리를 제대로 못하고 넘어간 거.

민지현 음, 나는 메인 단계부터 들어왔으니까, 다 같이 작업을 하면서 방법을 찾아가는 게 굉장히 좋았어. 맡은 분야는 다르지만 스스럼없이 의논하고 도와줄 수 있는 관계? 그런 부분에서 시너지 효과가 났던 것 같아.

이소라 배경팀이 원동화팀이랑 같이 얘기하면서 맞춰 나갔던 게 좋았죠.

민지현 나는 제일 많이 느낀 부분이 다들 리뷰에도 썼겠지만 아마추어와 프로의 차이? 오히려 전문 애니메이션 업체보다 경험이 없는 우리들이 그린 컷들이 퀄리티가 더 좋으니까 그런 차이점에 대해 많이 생각하게 됐어.

박혜미 내가 생각했을 때 프로와 아마추어의 차이는 자세인 것 같아.

김은진 나는 마감 지키는 거. 이건 우리나라 애니메이션 업계의 고질적인 병폐인 것 같아.

박혜미 맞아. 업체에서 주는 컷들 기다리느라 스케줄이 엄청 늘어졌지. 그래서 나중에는 내부 사람들이 그냥 원화, 동화 수정 다 하고.

이소라 근데 그걸 또 뭐라고 하기도 그런 게 이게 저예산 애니메이션이라서 돈을 적게 주니까 업체 쪽에서 하청 받는 사람들이 받은 만큼의 퀄리티만 내주는 것 같아.

김은진 돈을 적게 받더라도 기본적으로 애니메이션 하는 사람이 지켜야 할 액팅은 넣어 줘야 하는데 안티 스페이싱이나 세컨드 팔로 동작들을 전부 무시하니까 그렇지.

박혜미 아~ 진짜 애니메이션 업체 얘기를 하려면 끝도 없어. 리뷰에서 다들 충분히 얘기 했을 테니깐 여기선 일단 패스!

〈화산고래〉 제작과정에서 제일 힘들었던 때가 언제예요?

민지현 스케줄!

박혜미 특히 어떤 거? 언니는 원동화? 우리 막 하루에 3컷씩 쳐야 할 때?

민지현 어, 나는 내 열정과 상관없이 스케줄 때문에 막 해야 할 때. 그때는 꾸역꾸역하는 상태 있잖아. 소화하지도 못하는데 억지로 집어넣는 느낌이랄까.

박혜미 우리는 힘들던 때를 다 술로 채웠지. 그래서 전부 3킬로씩 찐 것 같다.

김은진 맞아, 힘든 것을 술로 극복했지.

이소라 뭐, 술보다는 대화를 원했지만. 나는 3막이 특히 힘들었어.

박혜미 동굴 작업할 때?

이소라 음. 그냥 스케치를 해야 하는 부산 배경이나 배는 괜찮았는데, 소묘를 해야 하는 동굴은 너무 힘들었어. 초반에는 한 장 그리는 데 하루가 걸리더라고.

박혜미 그때 배경팀이 많이 힘들어 했지. 아라도 복학하기 전 마감을 해야 했으니까.

김은진 나는 동화할 때도 힘들었어. 원화 키 잡을 때도 힘들었는데 클린업 하면서 인비트윈 그릴 때는 정말 더 힘든 거야.

민지현 악, 클린업 하는 거!

김은진 그거는 그냥 기계적인 작업이잖아. 그건 진짜 못하겠더라.

박혜미 나는 진짜 업체에서 처음 컷 봉투 왔을 때. 엄청 기대했거든.

김은진 왔어! 왔어! (추임새 넣는 중)

박혜미 프로듀서님이 컷 봉투 들고 오면서 "드디어 왔어요! 확인해 보세요!" 했는데. 웬걸, 옛날 국산애니메이션 그림이 들어 있는 거야. (일동 웃음) 그때 너무 충격받아서 그 뒤로 보내는 컷 봉투들은 확실히 레퍼런스와 디테일한 설정집을 첨부해서 보냈지.

민지현 내부 작업이랑 너무 차이가 컸지.

박혜미 원화할 때도 힘들었어. 업체에서 온 그림들이 너무 달라, 심지어 비율도 안 맞으니까 이건 뭐 원화를 거의 다시 하는 수준이고.

민지현 맞아, 그랬어.

박혜미 그나마 다행이라면 내가 원작을 진행한 거? 내 만족도는 어느 정도 채우고 넘어간 것 같아. 원작도 업체랑 했으면 엄청 리테이크 많이 보냈을 거야.

작업기간 중 제일 안정되었을 때는?

김은진 지금.

이소라 지금.

김은진 라이팅하면서 힘들었을 때 한 번 난리치고 나서 어차피 내가 해야 될 일이라는 걸 알고 나서는 마음이 좀 편해졌지.

민지현 나는 처음이 진짜 행복하고 좋았어.

박혜미 그건 은진이랑 얘기 많이 했어. 그림 그리는 게 너무 행복한 사람!

김은진 진짜! 그때는 언니가 그림 그리는 걸 2년 쉬다가 와서 그런지 눈이 반짝반짝했지.

민지현 맨 처음 들어왔을 때는 하고 싶은데 못했던 걸 빵 터뜨릴 수 있어 너무 좋았어.

박혜미 우리 팀 사람들이 모두 열정이 넘칠 때라서 수명 씨랑 언니가 새벽 4시가 되도 집에 안 가는 거야. 내부에 있는 사람들도 모두 자야 되는데, 잠도 못자고 아침까지 억지로 동화 작업을 했던 적도 있었지.

민지현 응 그때는 정말 너무 행복했어.

박혜미 나는 레이아웃 컷들 다 준비해 놓고 수명 씨가 레이아웃 체크하고 업체에 원화 넘길 때, 그때는 그냥 이것저것 체크하고 코멘트만 달면 될 때라 좋았어.

이소라 다 같이 영화도 보고, 정말 좋았죠.

민지현 어어! 다 같이 〈퍼시픽림〉, 〈설국열차〉 보고 같이 얘기도 할 수 있어 좋았어.

박혜미 나는 지금 마냥 행복하지만은 않아. 편집을 앞두고 없어진 컷들을 찾고 보충해야 할 컷들을 정리하면서 정신적으로 힘들 때야.

화산고래가 헤엄친다

언제 우리 팀워크가 진짜 잘 맞는다고 느꼈어?

이소라 술 마실 때. (일동 웃음)

김은진 먹을 때, 먹을 때!

박혜미 아~ 진짜 여자들이 많으니까 먹을 때는 총알 같아. 먹을 때 빼고!

민지현 회식할 때?

박혜미 좀!!

김은진 팀원 중 한 명이 기분이 안 좋을 때.

이소라 아!

민지현 맞아.

박혜미 그래, 누군가 한 명이 멘붕이 오면 팀워크가 착착 잘 맞았지.

김은진 그때 팀워크가 제일 좋았던 것 같아.

박혜미 근데 그게 초반에는 잘 안 맞았잖아. 처음에는 누가 기분이 안 좋아서 맞춰 주다가 너무 짜증내면 '왜 저래, 왜 굳이 우리가 쟤 기분을 맞춰 줘야 돼?' 그랬잖 아. 이게 점차 시간이 지나고 나서 누구 기분이 안 좋으면 알아서 사태파악하고 다 들 자기 일만 했지.

민지현 그렇게 서로의 감정에 크게 영향 받지 않았던 게 좋았던 것 같아. 다들 서로 잘 아니까.

아카데미 장편 애니메이션 제작 시스템에서 어떤 게 좋고 앞으로 어떻게 발전되어 가길 바라 는지. 혹은 다음 장편을 하게 되면 어떻게 하면 좋을지 이야기해 볼까?

박혜미 감독 입장에서는 모든 게 굉장히 좋았어. 정말, 아카데미라는 안전한 틀 안 에서 연출자가 자유롭게 연출할 수 있게 해주니까.

화산고래가 헤엄친다

전설의 화산고래를 만들어 낸 사람들

박혜미 감독의 이야기

'감독 박혜미'라는 이 거지같은 타이틀

2년은 길고도 짧은 시간이다. 거의 1년을 동고동락한 스태프들이 4명, 그렇게 길지는 않지만 끈끈하게 정을 나눈 스태프들이 5명, 각자의 작업을 진행하며 함께 해온 동기가 2명, 이들을 통해 나는 성장할 수 있었고, 긴 시간을 견뎌냈다.

사람들에게 처음 '감독님'이라는 소리를 들었고, 꿈에 그리던 극장용 애니메이션을 제작할 기회를 얻었다. 하지만 감독님이라는 소리가 지금은 마냥 즐겁지만은 않다. 감독이라는 타이틀 뒤에 숨겨진 책임감과 부담감, 끝없는 신뢰가 덜 자란 나에게 한없이 날카롭게 다가왔기 때문이다. 스태프들과의 작은 의견 차이가 대체로 이런 것에서 나왔던 것 같다.

장편 애니메이션을 제작하면서 제일 힘들었던 것은 연출적인 것도, 스케줄에 관한 것도 아니었다. 문제는 사람들과의 관계였다. 지금은 많은 시간을 함께하면서 서로에 대해 많이 알게 되었지만, 그래서 지난 시간들이 추억처럼 느껴지지만 당시에는 관계를 풀어 가는 게 너무 힘들었다.

사람들과의 관계에서 제일 힘들었던 시기는 한창 릴영상 심사를 진행할 때였다. 프리 프로덕션에서 메인 프로덕션으로 넘어가는 단계였고 초반 스태프들과 함께한 지 4,5개월이 되던 시점이었다. 첫 릴영상 심사 때 처참하게 깨진 후, 연출적인 것에 고민을 해야 하는 순간인데 정작 연출에 대해 논의할 수 있는 스태프가 아무도 없었다. 연출적인 의논이 가능할 거라 생각했던 레이아웃팀 친구들이 그 부분에서 조금 약했기 때문이다. 그렇다고 그들을 바로 밀어내기도 어려웠다. 이전 단계인 캐릭터 디자인 업무를 너무나도 잘 진행했기 때문에 믿음이 강했다. 하지만 역시 별다른 진척이 보이지 않아 연출에 대한 고민은 혼자 진행했다. 그때부터 초기 레이아웃팀 친구들에 대해 불만이 쌓이기 시작했다. 지금도 이불 속에서 하이킥을 할 정도로 후회되는 순간들이다.

애초에 감독으로서 판단을 잘못했다. 그들에게 원했던 작업이 가능하지 않다는 생각이 들면 정을 떠나 확실히 선을 그어야 했는데, 선뜻 그렇게 하지 못했다. 무엇보다 한참 심사기간이었기 때문에 괜히 사람 때문에 머리 아프고 싶지 않았다.

내 마음만 조금 편하자고 한 일이 정작 일을 그르치게 만들었다. 레이아웃팀과 불신이 쌓여 가는 과정에서 연출에 신경 써야 하던 그때 이도저도 아닌 시간을 헛되이 흘려보냈다. 릴영상 심사만 4번째 거듭되고 있었다. 그리고 그날 폭탄이 터졌다. 레이아웃팀 친구들이 나에게 면담을 신청했다. 카페에서 배경팀 친구 두 명과 레이아웃팀 친구 두 명, 그리고 나까지 총 다섯 명이 모였다. 레이아웃팀에서 제일 연출 능력이 떨어져 거리를 두고 있던 친구가 나에게 불만을 하나둘씩 꺼내놓기 시작했다. 그 뒤 다른 세 명의 친구들이 이야기를 연이어 꺼내 놓았다. 이야기는 대충 이랬다. '감독님이라고 해서 믿고 따랐는데, 실망했다. 나를 연출부로 고용했으면 내 연출적인 능력을 사용해야 하는데 사용을 안 하니 의심스럽다', '너무나도 대단해 보였는데 거리감을 두는 것 같아 실망이다.' 답답하고 화가 나는 상황이었는데 오히려 안정을 되찾았다.

그동안 잘못했던 행동을 바로 잡아야겠다는 생각이 들었다. 괜히 말하기 껄끄럽다고 해야 할 말을 미뤄 둔 것이 오히려 한심했다. 다음날, 레이아웃팀 친구들에게 일을 마무리 짓고 계약을 끝내자고 전했다. 계속되는 심사를 마무리 짓기 위해 이성강 교수님을 찾아가 해결방안을 모색했다.

매번 다 같이 모여 심사하는 방식을 바꿔 심사위원 한 분 한 분을 따로 찾아가

멘토링을 받기로 했다. 이건 정말 괜찮은 선택이었다. 연상호 감독님, 김봉석 평론 가님, 이성강 감독님, 이렇게 세 분에게 심사 때 듣지 못했던 좋은 이야기들을 듣고 이야기를 바꿔 나가기 시작했다. 모든 교수들이 모여 다 같이 심사를 할 때는 내가 알고 있던 부분만 들었지 모르는 부분까지는 듣지 못했다. 조연출 친구와 작업을 하면서 〈화산고래〉가 점차 나아지는 것을 느낄 수 있었다.

스태프들과의 커뮤니케이션 방식도 바꿨다. 장편 애니메이션이랍시고 직장 처럼 일하려던 분위기를 바꿔 본래 내가 하던 자유로운 방식을 되찾았다. 스태프 들도 재능 있고 스타일이 맞는 친구만 남았다. 그때부터 시스템의 효율을 모색하 기 시작했고, 커뮤니케이션이 원활해지면서 좀 더 작업물의 퀄리티를 높일 수 있 었다. 다들 욕심이 많고 재능도 많은 사람들이라 디테일을 끌어올릴 수 있었다. 불 가능할 거라 생각했던 SF 판타지 어드벤처물이 완성되어 가고 있었다.

장편 애니메이션을 할 때는 정리가 최고

장편 애니메이션을 하면서 디테일한 파일 정리의 중요성을 깨달았다. 일단, 스케 줄 문제로 원화, 동화 작업이 한꺼번에 진행되었다. 내부에서 진행하는 컷은 두 사 람이 원동화를 한꺼번에 진행하기 때문에 파일을 어떻게 정리하든 크게 상관이 없 었지만 원화업체에서 온 컷은 원화작업이 진행 중임에도 동화업체로 바로 넘겨 컷 을 정리해야 했기에 정리를 잘 하지 않으면 문제가 발생했다. 본래 작업은 원화작 업이 다 마무리된 뒤 시퀀스별로 동화업체에 넘겨야 하는데, 단계별 과정 없이 동 시에 작업이 진행되면서 생긴 문제점이다. 나는 연출 코멘트를 하면서 파일정리를 하는 데 급급했다. 하지만 시퀀스 단위로 들어오는 게 아니었기 때문에 정리하는 데만 하루가 걸리는 날도 있었다.

내부와 업체로 작업이 나뉘다 보니 나중에는 한 시퀀스에 내부, 외부가 모두 뒤섞이는 경우도 많았다. 지금은 웃으면서 얘기하지만 당시에는 업체 전화번호를 받아 내가 일일이 체크하고 싶은 심정이었다. 아무리 기존 금액보다 적은 금액을 준다지만 제대로 된 파일들이 오는 경우는 드물었다. 한 번에 오케이 한 적이 한 번도 없었다. 위안이라면 내부 동화를 해주던 은진이와 지현 언니의 액팅이 좋았다는 것이다. 내부에서 200컷을 계획했던 건 가장 잘한 선택이었던 것 같다.

멀티가 되어야 한다

감독은 모든 공정을 다 알아야 하고 모든 작업이 가능한 사람이어야 한다. 그렇지 않으면 업체에게 눈 뜨고 코 베어 가는 꼴을 당하기 십상이다. 이전 선배들의 작업을 보았을 때, 아트워크적으로 아쉬운 부분이 많았기에 그림을 전공하던 나로서는 좀 더 신경을 써야겠다는 생각이 많았다. 개인의 능력을 최대치로 끌어올려 작품을 만들고 싶었다. 이것이 가능했던 이유는 팀원과의 커뮤니케이션이 원활했기 때문이다. 팀원의 불만을 듣고 해결하는 것도 감독이 꼭 해야 할 일 중 하나다.

　장편을 진행하면서 실질적인 애니메이션 시스템은 처음이었기에 모르는 부분이 많았다. 그렇다고 모르는 걸 부끄러워 한 적은 없다. 모르는 건 팀 내에 있는 기성 애니메이터인 수명 씨에게 바로바로 물어봤다. 귀찮을 정도로 많이 물어봤던 것 같다. 만약 업체의 방식이 비효율적으로 느껴질 경우 우리만의 방법을 모색해 나가기도 했다. 우리는 그런 쪽으로 굉장히 비상했다. 작화나 프로그램을 다루는 일도, 3D모델링을 하는 것도 모두 내부에서 가능했다. 다만, 시간상의 문제로 업체와 타협을 했을 뿐이다.

그놈의 술

아카데미에 들어와서 술을 참 많이 배웠다. 영화하는 사람들이 술을 잘 마시고 좋아한다는 소리는 들었지만 이 정도일 줄은 미처 몰랐다. 스물네 살, 아카데미에 들어오기 전까지 술을 마실 일이 거의 없었다. 그런 내가 애니메이션 작화실에 1년간 있으면서 늘어난 것은 오직 주량이다. 동기들과 있을 때는 안 먹고 싶을 때 안 먹을 수 있지만 내 작업을 도와주는 스태프들이 술을 원할 때는 마실 수밖에 없었다. 다들 워낙 친했던지라 서로에게 서운한 점이 생기게 마련이다. 그때마다 새벽에 작업을 하다 종종 술을 마셨는데, 모두 힘들어 하던 주에는 나 혼자 다섯 명과 따로따로 5일 연달아 마신 적도 있다. 물론 힘들 때만 술을 마신 것은 아니었다. 목표치로 잡고 있던 작업의 분량이 마무리되면 또 흥에 겨워 술을 마셨다.

장편 애니메이션 〈화산고래〉의 제작 기간은 나에게 정말 소중한 시간이다. 시나리오, 스토리보드, 레이아웃, 배경작화, 원화, 원화작감, 동화, 동칼라, 합성까지 모두 내 손을 거치지 않은 부분이 없을 정도로 나는 〈화산고래〉에 내 모든 에너지를 쏟아부었다. 가장 괴로웠지만 가장 즐거웠던 내 스물다섯 살, 그리고 스물여섯 살의 시간들을 되돌아보면 하루하루 잊을 수 없는 기억들로 가득하다. 이렇게까지 스스로 깊게 애니메이션에 대해 고민해 보기도 처음이고, 스스로의 한계를 이렇게 많이 느끼기도 처음이었다. 그만큼 카타르시스를 느낄 여지가 많은 시간이었다. 큰 기대를 하지 않고 들어왔던 아카데미에서 나는 커다란 사람이 되어 나가는 것 같다.

이소라 배경작가의 이야기

면접에 붙고 작업을 함께 하기로 결정한 뒤 감독님에게 시나리오를 받았다. 처음 시나리오를 읽고 든 생각은 '망했다!'였다. 스케일이 너무 컸다. 커도 너무 컸다. 이게 진짜 내가 감당할 수 있는 작업일까, 의구심이 들었다. 이제 와서 물러날 순 없는 일이라, 또 지레 겁을 먹고 피해가긴 싫어서 마음을 추스르고 감독님께 참고가 될 만한 영상 리스트를 부탁했다. 또 프리 단계 때 설정 원화들을 받아 나름의 준비기간을 가졌다. 본격적인 메인 작업은 출근한 지 한 달이 좀 지나서 시작되었다. 그 전까진 프리 단계에서 마무리되지 못한 배경 설정 보충을 돕고 팀원들과 친밀도를 쌓아가며 새로운 환경에 적응하기 위한 시간을 보냈다. 지나고 나서 든 생각이지만 그때 감독님이 이래저래 신경을 많이 써줬다. 정말 고마웠다.

부산도 무너지도, 나도 무너지고

메인 작업은 원래 일정보다 다소 늦게 시작되었다. 1막의 배경이 되는 부산은 기존 스태프들이 수집한 자료들이 꽤 풍부한 편이다. 덕분에 자료조사에 큰 힘을 들이지 않고 본격적으로 부산 붕괴 작업에 착수할 수 있었다. 수집한 자료에서 지진으로 붕괴된 구조물의 패턴을 찾으려 노력했고 그래도 부족한 부분은 상상력으로 메꿔 나갔다. 이 시기엔 퇴근길에 건물을 유심히 보면서 '지진이 나면 저 건물은 어떻게 무너질까, 저 지형은 어떻게 갈라질까' 하는 생각만 하고 다녔다. 작업 초반이었고 입사 직후 긴장감에서 오는 추진력이 생각보다 대단해서 작업 난이도가 높을수록 더 큰 집중력이 나왔다. 어려운 컷이 주어져도 제법 안정적인 컨디션으로 작업할 수 있는 시기였다. 북 작업이 번거로웠던 것 이외에 대체로 모든 게 무난했다.

아, 평화로웠던 나날이여

2막은 1막에 비해 비교적 쉽게 작업했다 모델링된 배가 있어서 프리 때 설정을 더해 트레싱했다. 전체 단계 중 가장 빠른 작업속도를 자랑하던 시기였다. 중간에 난파선 등 평소 눈에 익지 않은 소재 구현에 다소 어려움을 느꼈으나 그마저도 1막에 비하면 오히려 쉬운 편에 속했다. 진짜 복병은 작화가 아니라 오히려 1,2막 채색 작업 전초전인 레이어 정리 작업이었다. 배경(BG)과 북(Book)을 분리하는 노동은 부품조립공장 아르바이트의 그것과 비슷했다. 파일명, 폴더트리에 대한 배경팀내부의 매뉴얼도 이때 처음 만들었다. 개인 작업엔 필요치 않은 여러 가지 약속, 규칙들이 어렵게 다가왔고 공동으로 작업한다는 것이 어떤 의미인지 새삼 깨달았다.

무엇을 상상하든 그 이상

고생이 본격적으로 시작됐다. 3막이라는 단어를 스트레스라는 단어로 치환해도 하등의 문제가 없었다. 3막의 동굴 묘사는 선이 주가 되는 그림을 그려 온 나에게 너무 어려운 시험이었다. 그동안 세밀한 그림은 별로 그려 본 적이 없었기 때문에 무척이나 힘들었다. 3막 작업을 다시금 떠올려 봐도 새로운 방식에 적응하느라 힘들었던 기억밖에 나지 않는다. 엎친 데 덮친 격으로 마감일도 빠듯했다. 정신적, 시간적 여유가 없었고 작업의 퀄리티가 올라가지 않았다. 작업하다 힘들어서 같은 배경 스태프인 아라와 술을 한 잔 하게 됐던 것도 이때가 처음이다. 발목에 추를 매단 것 같은 상태가 오래 지속됐다. 터닝 포인트 따윈 없었고 꾸준한 작업으로 차곡차곡 결과물을 쌓아 가는 것 외에 달리 방법이 없었다. 하지만 상상한 것 이상의 결과물을 지켜보는 건 꽤나 즐거웠다. 제일 고생한 동굴 작업은 캐릭터들의 액션을 더 빛나게 해주었다. 내심 뿌듯했다.

고아라 배경작가의 이야기

3학년을 마치고 휴학서를 제출할 때까지만 해도 번듯한 계획 하나 없이 무모하게 안서동을 떠났다. 졸업 작품에 들어가기 앞서 개인적인 능력을 키우고 싶다는 바람에 휴학서를 냈지만 사실 현실도피적인 이유가 컸다. 그런 나에게 장편 애니메이션 스태프 기회가 생겼다는 게 지금 생각해 봐도 참 의외의 일이다.

　좋은 기회인지 아닌지 처음엔 의문도 많이 들었다. 전공자도 아니었고, 애니메이션 관련 일을 하게 될 거라는 생각조차 해본 적이 없었다. 그래서 작업을 진행하는 중에도 망설임이 있었던 것 같다. 지금 하고 있는 작업이 올바르게 나아가고 있는 것인지, 모든 작업이 낯설기만 했다. 하지만 작업이 진행될 때마다 많은 생각의 변화가 이루어졌는데, 생소한 만큼 결과물에 큰 놀라움이 따랐고 보람이 컸다. 학생일 때는 늘 배우던 것에 익숙해서 다른 것을 돌아보기 힘든 부분이 있었는데, 좋은 기회를 만나 정말 많은 것을 느꼈다. 인생에서 잊을 수 없는 소중한 시간들이었다.

민지현 원동화 작가의 이야기

부산에서 서울로, 서울에서 다시 부산으로

부산에서 서울로 올라왔다. 서울의 핫 플레이스라는 홍대입구역에 내려 간단히 점심을 해결하고 삼진제약 건물로 향했다. 박혜미 감독님과 그렇게 처음 만났다. 서울로 올라오기 전 부산에서 〈화산고래〉에 대한 이야기를 들었는데, 배경이 부산이라고 했다. 그 후 스토리보드를 받아 봤는데 해운대와 광안리, 남포동까지, 내 홈그라운드에서 이야기가 모두 펼쳐졌다. 감독님은 첫 미팅에서 세련된 서울말로 이야기를 시작하더니 부산 출신인 나와 말을 섞은 지 얼마 지나지 않아 사투리가 마구 섞여 나오기 시작했다. 이렇게 부산에서 올라와, 부산 감독님과, 부산에서 펼쳐지는 이야기를, 서울에서 만들게 되었다. 누구보다 이 작품이 가깝게 느껴진 것은 두말할 나위도 없다.

아마추어와 프로 사이

대학 때와 비슷하다는 말은 여러 가지 의미를 함축하고 있다. 그만큼 자유롭고 정겹고 감수성이 풍부하고 로망이 스며 있는 말이지만 작업에 있어서는 약간 다른 의미가 섞여 있다. 작업할 때 대학 때와 비슷하다는 말은 결국 아마추어 느낌을 벗어나지 못했다는 뜻이니까. 1년 반 동안 애니메이션 업체에서 일했던 경험이 있는 나로서는 가끔씩 우리 팀이 아마추어 같다고 생각했던 게 사실이다. 작업적인 면에서 업체와의 차이는 있을 수밖에 없고 또 있는 것이 당연했다. 하지만 김기환 프로듀서, 박혜미 감독의 탁월한 역할, 그리고 유일하게 아마추어가 아닌 기성 애니메이터인 수명 씨가 훌륭하게 그 틈들을 메워 주어 미묘하게 아마추어와 프로 사이에 있는 〈화산고래〉가 탄생했다.

흥미로운 것은 우리 팀이 비록 아마추어들의 조합일지 모르지만 정작 프로 업체보다 작업 능력이 훨씬 뛰어났다는 점이다. 외주 업체는 실력이 있을지 모르지만 열정은 우리들보다 훨씬 떨어졌다. 그래서 정말 실망스러울 정도로 떨어지는 결과물을 보내왔다. 그들은 열정이 없는 상황에서 매너리즘이 더해졌을 때 그림 수준이 얼마나 떨어질 수 있는지를 여실히 보여 주었다. '업체의 프로성'에 대해 회의감이 들었다. 심지어 업체 프로들이 만들어 놓은 구멍들을 아마추어들이 적극적으로 메꿔야 하는 상황이었으니 흥미롭지 않을 수 없다. 업체와 프로는 결국 같은 말이 아니었다. 이것을 알았다는 것 자체가 중요하다. 이것 때문에 우리는 우리 작품에 더 큰 자부심을 가지게 되었으니까.

원동화 만들기

내가 맡은 포지션은 원동화였다. 정확히 말하면 원화와 동화. 그동안 다른 일들을 하면서 워낙 애니메이션에 목말라 있던 터라 초반에는 정말 흠뻑 젖어서 작업을 했던 것 같다. 졸업작품 이후 원동화 작업이 처음이라 많은 시도를 하고 싶었다. 방식을 몰랐기 때문에 더 주먹구구식으로 열정만 가지고 욕심을 부렸다. 동시에 부족함도 많이 느꼈다. 열정만으로는 훌륭한 원동화를 그릴 수 없었다. 한 번씩 업체에서 원화가 넘어올 때마다 내가 모르는 방식이 무엇인지, 주어진 레이아웃에서 어떻게 움직임을 잡고 타이밍을 배치했는지, 루프는 어떤 방식으로 돌렸는지에 대한 것들을 많이 배웠다. 확실히 업체는 타이밍에 대한 체계가 잘 잡혀 있다는 것을 부인할 수 없다. 나 혼자 타이밍을 잡으며 풀리지 않았던 궁금증이 업체에서 보내온 원화 타이밍 시트를 보고 풀리기도 했다. 내 것과 업체 것을 비교해 보며 타이밍 체계를 응용하기도 하고 변형하면서 부족함을 보충해 나갔다.

원동화는 원화, 키 프레임을 먼저 잡고 중간 프레임들을 동화로 나누는 식으로 작업을 진행한다. 그런데 내 경우는 혼자서 원화, 동화를 한꺼번에 하다 보니 원화를 잡아 놓고 동화를 나누는 식이 아니라 1부터 10까지 순서대로 쪼개고 있었다. 그것 때문에 프레임이 헷갈리기도 하고 키 프레임이 어디였는지 잊기도 했다. 원화만 잡을 때는 움직임 연출도 어렵지만, 키 프레임 사이에 얼마의 프레임 시간을 주는지에 대한 예측이 힘들다. 예전 애니메이션 업체 감독님께서 "애니메이션을 하려면 1/24초를 관찰할 수 있어야 한다"고 하셨다. 1초당 24프레임, 한 장당 최소 2프레임씩 돌리는 애니메이션을 하기 위해서는 못해도 1/12초를 관찰할 수 있어야 한다. 그래서 어떤 액션을 보거나 머릿속에 그렸을 때 '몇 프레임 정도면 되겠다'는 것이 움직임별로 머릿속에 그려져야 한다. 그래야 거기에 맞춰 원화타이밍을 잡을 수 있다. 원동화를 하는 내내 의식적으로 그렇게 프레임을 나누어보려는 노력을 많이 했던 것 같다. 물론 동화 없이 원화만 타이밍에 맞추어 돌려 보면 대강의 움직임이 머릿속에 그려지긴 하지만 동화를 넣어 플레이해 보았을 때는 확실히 차이가 있었다. 타이밍 감각이 부족한 나로서는 중간 중간 동화를 같이 그려 플레이시켜 보고 동화를 더 쪼개거나 빼는 식으로 진행해야 했다. 만약 원화, 동화 파트가 나뉘어 있어서 원화만 해야 하는 상황이었다면, 지금보다 타이밍이 훨씬 안 좋았을 것이다. 동화는 사이를 쪼개기만 하는 기술보다 노동에 가까운 작업이라 처음 원동화 스태프로 들어왔을 때는 원화만 했으면 하는 생각도 있었지만 지금 생각해 보면 원동화를 함께 작업할 수 있었던 것이 부족한 나에게 더 좋은 경험과 공부가 되었던 것 같다.

원동화를 함께 하면서 원화맨이 동화맨에게 넘겨줄 때 어떻게 키를 잡아 주어야 동화맨들이 편하게 작업을 할 수 있는지 생각하게 되었고(지금의 내가 원화만 해서 동화맨에게 넘겨주었다면 동화맨들은 아마 엄청나게 고생했을 것이다) 동시에 내가 레이아웃을 받아서 원동화를 했기 때문에 원화맨을 위해 레이아웃 팀이 어떻게 작업물을 넘겨주어야 원화맨이 더 편하게 일할 수 있는지 함께 생각하게 되었다.

　또 하나 가장 좋은 것은 내부에 모든 파트가 다 있었기 때문에 자신의 파트뿐 아니라 전체 작업이 어떻게 흘러가는지 흐름을 파악할 수 있었다는 것이다. 무엇 때문에 트러블이 일어나는지, 어떻게 하는 것이 다른 파트를 진정으로 배려해 주는 것인지, 파트 간 커뮤니케이션은 얼마나 중요한지에 대한 것들을 작업하는 내내 굳이 애쓰지 않아도 자연스럽게 익힐 수 있었다. 내가 감독이라면, 내가 다른 파트의 스태프라면, 내가 외주를 받는 업체 입장이 라면 등 다방면에서 작품을 위한 자세를 익혔다. 또 감독을 대할 때의 자세, 스태프들을 대할 때의 자세에 대해 많이 생각하게 됐다. 〈화산고래〉 팀 안에서 일어나는 모든 입장과 역할에 대해 생각할 수 있었던 것은, 내가 그 모든 일들이 일어나는 교통 현장의 중심에 있었기 때문이다.

자연물은 천국 아니면 지옥

원동화에 대해서는 하고 싶은 말이 많다. 프레임을 만진다는 것은 정말 매력적인 일이다. 착시와도 같다. 연결이 되지 않는 떨어져 있는 이미지를 이어지는 영상으로 속이는 것이니까. 애니메이팅은 공부하면 할수록 재미있는 작업이다. 연속되는 이미지의 거리에 따라, 겹치는 정도에 따라 움직이는 속도가 달라진다. 그림뿐 아니라 시간을 창조하는 정말 멋진 작업이다. 그리고 1/12초라는 짧은 간격 덕분에 복잡해 보이는 움직임을 짧은 몇 장의 그림으로 속일 수 있다. 지브리 스튜디오의 미야자키 하야오 감독은 '애니메이션은 속이는 기술'이라고 했다. 맞는 말이다. 실제로 말이 안 되는 장면들을 그림으로는 말이 되게 만들 수 있기 때문이다. 타이밍만 잘 이용하면 말이다.

　〈화산고래〉는 말 그대로 화산에 살고 있는 고래가 나오는 작품이다. 화산으로 가기 위해 화산섬까지 배를 타고 이동한다. 부산은 항구도시다. 감이 오는가?

나도 작업에 들어가기 전까지는 생각도 하지 못했다. 스토리보드를 보는 내내 평소 많이 그렸던 캐릭터들에만 신경을 썼다. 더 많이 신경 쓰면 소품 정도? 하지만 애니메이션을 만들 땐 배경을 제외한 모든 움직임을 그려 넣어야 한다. 화산과 바다. 그렇다. 〈화산고래〉는 자연물의 천국이다!

바다 신에선 파도가 휘몰아쳤고, 화산 신에선 연기와 수증기가 끊임없이 피어올랐다. 화산이니까 당연히 마그마도 그려야 했다. 고래가 움직일 때마다 마그마가 움직였고, 그 열로 인해 불과 연기가 피어올랐다. 뭘 그리도 많이 싸우는지 펑펑 폭발이 일어났고 그 때문에 돌들이 우수수 떨어졌다. 이렇게 자연물을 많이 그려 본 건 난생 처음이다. 정말 많은 자연물 동영상을 찾아 봤다. 애니메이션으로 옮겨야 했기 때문에 프레임 단위로 영상을 끊어서 봐야 했다. 그런 과정들이 프레임 공부에 도움이 많이 됐던 것 같다. 연결해서 봤을 때는 이랬는데 막상 프레임별로 끊어서 보니 사실은 이런 이미지들의 연속이었다는 것을 새삼 알게 됐다. 이미지를 이런 식으로 연결시키면 다르게 보이는구나, 공부를 많이 했다.

보통 그림 그리는 사람들은 인물을 위주로 많이 그리기 때문에 자연물을 소홀히 하기 쉽다. 내가 그랬다. 그런데 이번 프로젝트를 통해 애니메이터가 관찰해야 하는 반경이 정말 넓다는 것을 알게 됐다. 애니메이터는 움직이는 모든 것을 그려야 한다. 심지어 배경이 움직이면 배경의 액팅까지 만들어야 한다. 그 말은 평소 생활하면서 내 눈에 비치는 모든 풍경들의 움직임을 프레임 단위로 관찰하는 습관을 들여야 한다는 뜻이다. 애니메이터는 정말 뛰어난 관찰력이 필요한 직업이다.

화산고래가 헤엄친다

김은진 조연출의 이야기

좀비의 도시에서 홍대로 진출하다

내 기억 속 디지털미디어시티는 좀비 같은 도시였다. 색깔로 치면 회색이 가득한 곳. 버스에서 내리자마자 둘러본 디지털미디어시티는 키가 큰 빌딩들이 줄지어 서 있고 불 켜진 가게도 간간히 보이긴 했지만 전체적으로 으스스한 느낌 그대로였다. 빌딩에 들어서자 차가운 바람이 빌딩 안으로 훅 밀려들었다. 빌딩 문을 열기가 미안할 정도로 추운 날씨였다. 작업실에는 사람들이 꽉 차있었다. 우리 팀뿐 아니라 옴니버스 팀들과 다른 장편 팀들이 한데 모여 있었기 때문이다. 조용한 가운데 연신 키보드를 두드리는 소리, 태블릿을 만지는 소리가 울려 퍼졌다. 그 속에서 혜미가 빠져나와 팀원들에게 인사를 시켜 주고 작업실 구경을 도와주었다. 조용하지만 뭔가 분주했다. 작업실 첫 인상은 그랬다. 그렇게 작업실 분위기를 파악하고 오랜만에 버스도 타봤다.

본격적으로 〈화산고래〉 팀에 합류한 것은 졸업작품이 끝나고 난 후였다. 미친 듯이 졸업작품을 마무리하고 편안하게 시키는 대로 일만 하면 될 거라고 생각하니 마음이 편했다. 시키는 대로, 마감만 맞춰주면 되겠지, 안일한 마음이 앞섰다. 그런데 이런 생각은 정말 안일하기 짝이 없는 생각이었다.

내가 위기를 맞이하게 된 건 여러 가지 사정과 환경도 있겠지만, 결정적인 요소는 사람 때문이라고 할 수 있다. 스토리를 혜미와 함께 수정해 나가고 슬슬 레이아웃을 훑어보는데 이건 실제로 사용할 수 없는 정도의 레이아웃이었다. 난 얼굴도 모르는 사람들을 원망하며 770컷에 달하는 컷들을 혜미와 둘이서 다시 만들었다. 혜미는 원래 고생을 하고 있었는데 거기에 압박감이 가중된 셈이었다. 그렇게 해서 야간작업이 거의 없었던 우리 팀에 야간작업 문화가 자리 잡기 시작했다. 밖은 굉장히 춥고 <u>으스스</u>했는데 작업실 안은 싸움판이 벌어진 5일장 같았다. 뜨거웠다.

어느 날은 눈이 펑펑 내렸다. 새벽 1시쯤인가 혜미와 나는 야간작업 중 배가 고파 편의점으로 나왔다가 눈 구경을 했다. 손에 컵라면을 들고 괜히 눈을 들쑤시며 만지고 보고 누가 아직 밟지 않은 눈길을 밟아댔다. 그리고 빌딩 사이로 아스라이 내리는 눈이랑 불그레한 가로등 불빛을 바라보았다. 아직 해야 할 작업이 많았기 때문에 한치 앞을 내다볼 여유가 없었다.

레이아웃이 마무리되어 갈 즈음 아라와 소라 언니가 꽤 친해져서 잘 어울려 다녔다. 특히 아라는 먹는 취향이 나랑 비슷했다. 소라 언니는 별 말이 없었는데 간혹 내가 별 생각 없이 반말을 찍찍 해대서 내심 싫어하는 건 아닐까 걱정도 됐다.

그래도 나는 "언니, 언니" 부르면서 반말을 계속 해댔다(내 딴에는 친해지고 싶어서 한 행동이다). 혜미는 원래 잘 알고 지냈으니 두 말할 것도 없다. 넷이서 뭉쳐 다니며 우리는 자주 똥 얘기를 나눴다. 이런 똥. 저런 똥. 자주 똥 얘기를 했던 것은 우리가 포스트 작업까지 함께할 거라는 생각을 가졌기 때문이다. 앞사람이 미처 다 하고 가지 못했거나 아니면 미처 시작도 못했던 것들을 우리가 일일이 작업하고 수정해야 했는데, 우리는 그것을 '똥'이라 불렀다. 우리의 겨울은 그러니까 내내 똥만 치우다가 지나갔다고 해도 과언이 아니다. 밖에선 눈 치우느라 바쁘고, 우리는 똥을 치우느라 바빴다.

똥내 가득한 작업실에서 우리가 똥 이야기 외에 또 많이 나눴던 것은 먹는 것에 대한 수다였다. 출근 길에 지하에 있는 카페에 들러 햄치즈 토스트와 커피를 한 손에 들고 "오늘은 커피가 신맛이 많구나", "오늘은 고소하네", "오늘은 탄 맛만 난다" 수다를 떨며 엘리베이터를 타고 작업실로 올라왔다. 점심 때는 새로운 메뉴를 개척하기 바빴고(고추장불고기가 정말 맛있었다)저녁 때는 뭔가 새로운 먹을 것이 없는지, 작업 이외에 시간을 모두 먹는 데 할애했다. 그때 작업실이 상암에서 홍대로 바꿰었다. 젊음의 거리 홍대, 맛있는 음식이 넘치는 홍대. 먹는 것을 좋아하는 우리들은 물 만난 고기였다. 거의 모든 산소를 연소해 가며 모든 걸 쓸어버릴 것처럼 폭발적으로 먹어댔다. 케이크부터 마카롱, 캐러멜, 빵, 맛있는 백반, 이탈리아 음식까지. 돈이 없으면 빌려서 먹고 돈이 생기면 있는 대로 다 사먹었다. 이때 새로 오신 프로듀서의 등장도 한몫했다. 우리가 케이크 얘기를 꺼내면 더 맛있는 마카롱 가게를 알려 주고 우리가 찜닭 얘기를 꺼내면 또 맛있는 양파치킨에 대한 이야기를 곁들이는 멋진 사람이었다. 홍대는 블리자드 속 좀비도시에서 온 우리에게 한마디로 천국 같은 곳이었다.

이렇게 우리가 한참 먹고 돌아다닐 때 즈음 팀원들이 늘었다. 이제까지 함께 작업하고 있는 지현 언니가 이 무렵 들어왔고 내부에서 동화를 담당했던 재호가 합류했다. 먼저 지현 언니 얘기를 하자면 애니메이션에 대한 애정이 우주 같은 사람이라 굉장히 순수하다는 느낌이 든다. 그러나 지금 느끼는 또 다른 언니의 모습은 덤보처럼 귀가 얇고 술을 굉장히 사랑하며 물건을 부수고 떨어뜨리는 데 일가견이 있다는 것이다. 또 로맨티스트인 언니는 〈월-E〉의 노래를 무한반복으로 듣기도 하고 야외에서 밤하늘을 올려다 보며 분위기에 취하기도 했다. 이층 침대를 가지고 싶어 하는 소녀 감성 가득한 동생 같은 언니다.

다음으로 재호는 숫기 없는, 곧 군대에 가야 할 대한의 청년이다. 별 말 없이 작업이 어렵건 쉽건 묵묵히 작업을 하는 착실하고 불평 없는 친구였다. 그러나 자세히 보면 딴짓도 많이 한다는 걸 알 수 있다. 작업실에 종종 나타나는 벌레들을 용감히 죽이고 싶어 했지만 그렇지 못한 소심보이었다. 그래도 한 번씩 누나들보다 삶의 이치를 잘 알고 주옥같은 말을 툭툭 뱉어내기도 했다. 이렇게 말이 없는 재호가 말이 많아지는 순간은 게임 얘기를 할 때였다. 그럴 때마다 우리는 게임 얘기에 집중하지 않고 재호가 얘기하는 것을 흐뭇하게 지켜보곤 했다.

내친김에 팀원들을 더 소개하자면 우선 감독님 얘기부터 해야겠다. 우리들의 우두머리인 혜미는 시원시원한 성격으로 앞뒤 생각을 하지 않는(좋은 의미로) 추진력을 가졌다. 그래서인지 혜미의 웃음소리도 시원시원했는데 마치 목공소에서 목재를 자르는 듯한 소리였다. 우리들은 모두 그 소리를 재밌어 했다. 어른스러워지기 위해 노력하고 얄잡히지 않으려고 애쓰는 귀여운 면도 있었다. 종종 "어른들은 말이야" 하고 얘기하는 것을 보면 알 수 있다. 이렇게 명랑한 혜미도 나랑 다투면 울먹거리며 계단 위로 뛰어 올라가기도 했다. 어른 같은 혜미도 있고, 어린애 같은 혜미도 있었다.

소라 언니는 위에서 언급했듯 별 말이 없었다. 감정 기복이 크지 않아 늘 안정된 상태였는데 유독 언니가 흥분할 때는 배가 고플 때였다. 언니가 배고프다고 하면 우리는 서둘러 밥을 먹으러 가야 했다. 팀원들에게 배고프다는 얘기를 하는 게 부끄러우면 "은진이가 배고프대요"라며 나를 팔아먹기도 했다. 혜미는 소라 언니가 맛있는 것을 먹고 함박웃음을 짓는 것을 뿌듯하게 여겼다. 언니는 우리들의 카운슬러고 마음의 기둥 같은 존재였다. 그래서인지 나는 언니가 좀 딱딱해 보이기도 했는데 어느 날 언니가 우는 것을 보고 그런 생각이 무너져 내렸다.

마지막으로 아라는 진돗개 같은 눈과 이를 가진 아이였다. 그래서 웃음이매력적이었다. 항상 딱 붙는 치마를 입고 다녔고 텀블러를 자주 세척하는 깔끔하고 꼼꼼한 성격이었다(나와 혜미의 텀블러는 늘 누렇게 뭔가 눌어붙어 있었다). 감수성이 뛰어나고 예민한 아라는 종종 스트레스를 받으면 말이 없어지곤 했는데 나는 그게 겁나기도 했다.

어느 날 아라와 내가 작업실에서 멍하니 하늘을 보고 있었는데, 봄기운이 완연했다. 아라는 감정기복이 심해 어찌할 바를 모르겠다며 감출 수 없는 서운함이나 하고 싶지 않은 자신의 행동에 대해 걱정했다. 나는 별로 득이 되는 얘기를 해주진 못했지만 그때부터 아라를 새롭게 바라보았다. 그때 아라는 주변 사람들을 생각하는 만큼 자기 탓도 많이 했다.

　제작백서에 실릴 이 글은 사실 백서를 위한 글이기보다 내 주변에 남은 가족 같은 팀원들을 위한 글이다. 미처 말하지 못했던 고백들, 아직까지 선명하게 기억나는 여러 가지 추억들, 파노라마처럼 지나가는 단편적인 풍경들을 조금이나마 남겨 두면 그때를 함께 떠올릴 수 있을 거라는 기대가 크다. "어디서 무엇이 되어 다시 만나리"라는 노랫말처럼 우리들이 나중에 어디서 무엇이 되어 다시 만날지 궁금하고 기대가 된다.

김기환 프로듀서의 이야기

새로운 도전

대학 시절, 아무것도 모른 채 공부를 시작해 애니메이션 프로듀서가 되었다. 일을 한 지 어느덧 3년째. 마지막 프로젝트인 〈뽀로로〉 극장판 〈슈퍼썰매 대모험〉을 끝으로 잠시 여행을 다니며 앞으로 무엇을 해야 할지 고민하기로 했다. 10대 때 '진로와 직업' 수업을 들을 때나 해야 하는 고민을 나이 들어서 한다는 것이 조금 부끄러웠지만 아홉수, 특히 대한민국에서 이십대의 마지막을 맞이한다는 것은 충분히 고민스러운 부분이다.

머릿속에 떠오르는 것은 '책임'이라는 단어였다. 앞으로 내가 이루어야 하는 것들을 여행으로 비워진 머릿속에 차곡차곡 채워 나갔다. 사람을 좋아하고 오지랖이 넓었기 때문에 프로듀서라는 직업은 내 적성에 맞았고 이를 기반으로 더 늦기 전에 새로운 도전을 해봐야겠다는 생각이 들었다. 취업할 곳을 찾으며 어느덧 4개월이 지났을 때 대학 지도 교수님인 나기용 교수님의 연락을 받았다. 한국영화아카데미에서 애니메이션 제작과정 친구들을 서포트 하는 자리가 있다며 해볼 생각이 있으면 추천을 해주시겠다고 하셨다. 쉴 만큼 쉬었다는 생각이 들었던 터라, 또 영화 쪽 일도 해보고 싶었던 터라 다음날 교수님께 바로 연락을 드렸다. 교육제작팀 황동미 팀장님께 이력서를 보냈다.

이력서를 보낸 뒤 며칠이 지나지 않아 면접을 보러 오라는 연락을 받았다. 홍대입구역에 위치한 한국영화아카데미로 면접을 보러 갔다. 최익환 원장님과 이성강 감독님, 황동미 팀장님 앞에서 내가 왜 영화아카데미에 꼭 필요한 인력인지 가감 없이 피력했다. 언제나 그렇듯 최선을 다 했기에 후회는 없었다. 며칠 뒤 장편 애니메이션 프로듀서 면접에 합격했고 4월 1일 출근이지만 먼저 인수인계를 위해 와 달라는 연락을 받았다.

　　인수인계 차 아카데미에 방문해 전임자인 김성철 프로듀서를 만났다. 기본적인 문서나 업무 관련 사항에 대한 설명을 듣고 현재 상황에 대한 설명을 듣지 못한 채 인수인계가 끝났다. 이튿날 감독님과 식사 약속을 잡고 다시 아카데미에서 감독 및 스태프들을 만났다. 하나하나 모두 특색 있는 사람들이었다. 아집이나 과한 욕심을 부릴 것 같은 사람들은 아니라서 다행이라는 생각이 들었다.

혜미 씨와의 첫 만남

입사 전 식사 자리에서 만난 〈화산고래〉의 박혜미 감독은 크지 않은 키에 어깨까지 내려오는 머리, 안경을 쓴 보통의 어린 학생처럼 보였다. 부산에서 올라온 혜미 씨는 경상도 톤을 밝게 구사했다. 어린 나이에 장편 애니메이션 감독이라는 타이틀을 가졌으면서도 특유의 밝고 수더분한 모습을 굳게 유지하고 있는 혜미 씨는 같이 일하기에 참 좋은 감독이었다. 앞으로 그와 함께 계속 작업하면서 스태프들을 이끌고 싶다는 바람이 들었다.

라스트 스퍼트

라스트 스퍼트는 달리기 경기에서 코스의 마지막 5분의 1 정도에 힘을 다해 달리는 것을 뜻하는 말이다. 외주업체와의 갈등, 아카데미와의 마찰, 스태프들 사이의 소소한 문제 등 수많은 문제를 뒤로 한 채 점점 완성되어 가는 〈화산고래〉를 볼 때, 모두 얽혀 있던 실타래를 무사히 잘 풀어낸 것 같다는 생각이 든다. 우리가 함께 완성해 나간 이 애니메이션이 어떤 작품으로 비춰질지 기대감이 크다. 고생해 준 스태프들에게 고마운 마음이 크다.

　　처음 애니메이션 프로듀서를 시작했을 때 메인 프로듀서가 해준 말이 기억난다. "스태프를 가족처럼 생각하지 않으면 프로듀서를 할 수 없다." 그 말이 절실하게 와 닿는 순간이다. 내가 얼마만큼 스태프들을 가족처럼 대했는지 돌아보니 딱히 잘한 것은 하나도 없는 것 같다. 사실 프로듀서가 하는 일이 별로 없다. 그저 재능 가진 사람들의 능력을 조율할 뿐인데, 이번 프로젝트에서는 중간에 들어왔다는 이유로, 또 마감이 얼마 남지 않았다는 이유로, 여러 프로젝트를 진행한다는 이유로 충분히 사람들을 챙겨주지 못한 것 같아 마음에 걸린다. 부족한 프로듀서를 만났지만 모두의 노력으로 〈화산고래〉는 처음 걱정했던 것보다 훨씬 좋은 작품으로 태어났다. 모든 스태프들과 특히 '박혜미 감독'의 미래를 기대해 본다.

다시 박혜미 감독의 이야기

부족한 감독을 이끌어 준 나의 히어로들에게

우리 팀 스태프들을 한마디로 표현하자면 모두 슈퍼 히어로들이다. 하나같이 재능이 너무 뛰어나고 성품이 좋은 사람들이다. 정신이 산만하고 고집이 센 어린 감독을 포근하게 감싸 준 그들에게 너무 감사할 따름이다.

배경을 그리기 위해 태어났나 싶을 정도로 엄청난 기술과 정신력을 가진 소라 언니, 디테일에 대한 집착이 강해 티격태격 싸우기도 많이 했지만 결국 신의 한 수였던 아라, 물심양면으로 도와준 멀티 플레이어 은진이, 자연물 액팅과 열정이 나보다 훨씬 강한 지현 언니, 애니메이션 제작에 대해 정말 많은 것을 알려준 수명 씨, 팀 분위기 메이커 재호, 그리고 어머니같이 우리 팀을 아끼는 프로듀서님까지 모두 나의 진정한 히어로들이다.

2013년 11월 3일, 마무리 작업을 두 달 정도 남기고 이 글을 정리해 본다.

고맙다, 사랑한다.

화산고래가 헤엄친다

Opening Credit

제공
한국영화아카데미

제작
KAFA Films

국내배급, 마케팅 지원
CJ CGV
무비꼴라쥬

해외배급
CJ 엔터테인먼트

end title
화산고래

End Credit

제공
한국영화아카데미

제작
KAFA Films

각본/연출
박혜미

조연출
김은진

프로듀서
김기환

프로덕션 코디네이터
박병산
박용호
안영준
이영원
심재은

작화 감독
최수명

원화 작감
박혜미

캐릭터 설정
박혜미
이해현

배경 설정
박혜미
고아라
이소라
임명현

메인 배경작업
고아라
이소라

스토리보드

박혜미

김은진

애니메틱 릴

박혜미

김은진

레이아웃

박혜미

김은진

원화

민지현

성윤모

황미령

두루픽스

박순희

조성율

강예지

홍수현

박스무비

김홍근

김대진

임승화

이해미

이상미

백선화

서정훈

정주왕

박해원

백승찬

김천수

D&T

동화작감
박혜미
조희남

동화
민지현
정재호

D&T
이진아
김진하
오재희
유경성

안영준
조희남
박귀선
허경선
우복자
박순천
이영선

박스무비

스캔, 컬러
민지현
이소라
김은진
고아라

D&T
김찬양
정의숙
이선호

안영준
이언호
김민설
김희경
손미선
이지은

박스무비
이상복

합성

김은진
박건홍
박혜미

FX

김은진

색보정

임경우

음악

함은진
추현진

한국영화아카데미(KAFA)

제작책임

최익환

제작총괄

이성강

제작운영

황동미

시나리오 컨설턴트

오승욱

프로덕션 컨설턴트

연상호
김봉석
박헌수

제작코디네이터

김기환

배급, 마케팅책임
박흥기
정유경

도움 주신 분들

배급, 마케팅진행
임수아
김민아
윤부미
임아영

박혜지
가정화
서부경
김시진
진성민
홍석재
조용현

행정지원
김용봉
김수덕
한인철
도동준
최혜선
정하선
서혜진
김유경
김보라
김혜연

박성익
김나영
문미승
정지연
공유현
표두란

화산고래

Copyright © 2014 Korean Academy of Film Arts

화산고래가 헤엄친다

그림으로 판타지 세상을 완성하는 법

© 한국영화아카데미 2013

초판 1쇄 인쇄 2013년 12월 23일

초판 1쇄 발행 2013년 12월 27일

지은이 한국영화아카데미

펴낸이 이기섭 최익환

편집 황희연

디자인 131WATT

마케팅 조재성 성기준 정윤성 한성진 정영은

관리 김미란 장혜정

펴낸곳 한겨레출판(주)

등록 2006년 1월 4일 제313-2006-00003호

주소 121-750 서울시 마포구 공덕동 116-25 한겨레신문사 4층

전화 02-6373-6752

팩스 02-6373-6790

대표메일 cine21@hanibook.co.kr

주소 서울시 마포구 서교동 337-8 한국영화아카데미

전화 02-333-6087

팩스 02-332-6010

ISBN 978-89-8431-771-0 03860

※ 책값은 뒤표지에 있습니다.

※ 파본은 구입하신 서점에서 바꾸어드립니다.